悉达多

［德］赫尔曼·黑塞 著 杨雨姝 译

中国友谊出版公司

图书在版编目（CIP）数据

悉达多 /（德）赫尔曼·黑塞著 ；杨雨姝译. -- 北京 ：中国友谊出版公司，2024.4（2024.12 重印）
ISBN 978-7-5057-5805-6

Ⅰ. ①悉… Ⅱ. ①赫… ②杨… Ⅲ. ①中篇小说－德国－现代 Ⅳ. ①I516.45

中国国家版本馆CIP数据核字(2024)第010042号

书名 悉达多
作者 [德] 赫尔曼·黑塞
译者 杨雨姝
出版 中国友谊出版公司
发行 中国友谊出版公司
经销 新华书店
印刷 天津睿和印艺科技有限公司
规格 880毫米×1230毫米 32开
6印张 81千字
版次 2024年4月第1版
印次 2024年12月第3次印刷
书号 ISBN 978-7-5057-5805-6
定价 36.00元
地址 北京市朝阳区西坝河南里17号楼
邮编 100028
电话 (010) 64678009

目录

第一部分

献给挚友罗曼·罗兰

婆罗门之子

在屋舍的阴凉处，在停泊着小船的河岸的阳光中，在娑罗树林的荫蔽下，在无花果树的树荫里，悉达多长大了。这位俊美的婆罗门[1]之子如一只年轻的鹰，和他那位同为婆罗门之子的朋友戈文达一道长大了。在河岸边，在浴场里，在神圣的洗礼与祭祀中，阳光晒黑了他有光泽的肩膀。在男孩们的嬉戏中，在母亲的歌声里，在神

1　婆罗门（Brāhmaṇa）为印度四种姓中最高等的种姓阶级，学习并传授吠陀经典，是掌管祭祀的贵。——本书注释均为译者注

圣的洗礼中，在学者父亲的谆谆教诲中，在与智者交谈时，杧果林的浓荫浸入他黑色的眼眸。悉达多早已参与智者间的对话，同戈文达一起研习论辩，研习沉思和禅定之道。他已经学会如何默诵“唵[1]”这一词中之词，吸气时将它无声地纳入体内，呼气时将它无声地吐出体外，聚精凝神，使睿智的光芒萦绕额间。他已经学会在自身的存在中体认阿特曼[2]，不朽不灭，与宇宙合而为一。

喜悦涌上父亲的心头：他的儿子博学多闻，渴求知识，有望成长为伟大的智者和禅师，成长为一位婆罗门的王者。

母亲看到他，看到他迈步、落座和起身，欢喜之情也溢满脸庞。悉达多是如此强壮、俊美，迈着修长的双腿，以完美的礼仪向她问好。

悉达多穿过城中小巷时，他那光洁的额头、国王般

1　在印度教中，唵（Ōṃ）被认为是宇宙中出现的第一个声音，乃创世之声。

2　阿特曼（ātman）为梵文音译，是印度哲学最基本的概念之一，有“我”“自我”“灵魂”“意识”等含义。

的眼睛和紧实的臀部，在年轻婆罗门女子心中漾起阵阵爱慕之意。

但没有人比他的婆罗门朋友戈文达更爱他。他爱悉达多的眼睛和优美的嗓音，爱他的步态和他举手投足间的优雅，爱悉达多所做与所说的一切。而他最爱的是他的精神，他高尚的、热烈的思想，他强大的意志，以及他崇高的使命感。戈文达知道，这个人不会成为卑劣的婆罗门、懒惰的祭司、贪得无厌的奸商、虚荣的空谈者、邪恶狡诈的僧人，也不会和众人一样成为善良而愚蠢的羔羊。不，他戈文达也同样不愿成为那样的人，不愿与成千上万庸碌的婆罗门为伍。他愿追随受人爱戴的、神圣的悉达多。而待有朝一日悉达多成为神，走入万丈光芒之中，戈文达仍要追随他，做他的朋友、他的随从、他的仆人、他的护卫、他的影子。

所有人都这样爱悉达多。他为所有人创造欢乐，带来喜悦。

可悉达多自己却并没有得到快乐，也无法感受到喜悦。他在无花果园的玫瑰小径漫步，在树林幽蓝的阴

影下静坐沉思，在每日忏悔浴中清洗身体，在浓荫蔽日的杧果林祭祀，举止完美无瑕，令人赏心悦目、十分喜爱。但他的内心却并不快乐。梦境向他袭来，无数思绪流淌在河水中，闪烁在夜晚的星空里，融化在太阳的光芒下。梦境向他袭来，祭祀时的烟雾、《梨俱吠陀》[1]诗句的气息、古老婆罗门教义的涓滴，都让他的灵魂惶惶不安。

悉达多内心的不满开始萌芽。他开始感到父亲的爱、母亲的爱，还有朋友戈文达的爱，都无法永远使他幸福，使他平静，使他充实，使他满足。他开始明白，他可敬的父亲和其他老师，这些婆罗门智者已几乎将他们的最高智慧倾囊相授，已把他们的全部所知注入了他等待着的心灵容器中，可是这个容器仍未注满，他的思想还没有得到满足，他的灵魂还未得到安宁，他的心灵还无法平静。洗礼固然很好，但那终究是水，无法洗去罪恶，

---

1 《梨俱吠陀》（*ṛgveda*）是印度上古诗歌总集，梵文由 ṛc（“歌颂”）和 veda（“知识”）两个词根构成，是四部吠陀经中最古老也最重要的一部。

无法疗愈精神上的饥渴，无法缓解发自内心的不安。向诸神献祭祈祷固然极好——但这就是全部吗？祭祀能带来幸福吗？诸神又是什么？创造世界的真的是生主[1]吗？难道不是阿特曼这唯一的、这万能的存在吗？难道诸神不也是如你我一般的造物，受制于时间而昙花一现吗？那么祭祀诸神当真是好的、对的、有意义的、至高的行为吗？除了它，除了这独一无二的阿特曼，还能向谁献祭、向谁敬拜？可要到哪里去寻找阿特曼呢，它身在何方，何处是它永恒的心跳？它难道不就存在于每个人体内，在那最内在的、不可毁灭的自我中吗？而这最深的、最终的自我，究竟又在哪里呢？它不在骨肉之中，也不在思想与意识之中，如同智者所教导的那样。那么它在哪里，究竟在哪里？要深入到哪里去，深入自我、深入内心、深入阿特曼——难道还有比这更值得去追寻的道路吗？啊，没人指明这条道路，没人识得它，父亲不识，老师和智者不识，神圣的祭祀颂歌也不识。他们什么都

1　生主（prajāpatī）为吠陀教神话中许多重要神祇的称号。

知道，这些婆罗门和他们神圣的书籍，他们知道一切、顾及一切，甚至比一切还要多：世界的创造、语言的起源、饮食、吸气、呼气、感官的秩序、神的行为，他们知道的事情无限多。但如果他们竟不知道这独一无二的、最重要的、唯一重要的事情，知道这一切又有何意义呢？

当然，圣书中有许多篇章，尤其在《娑摩吠陀》[1]的奥义书[2]中，谈到了这最内在的、终极的、神圣的存在。它写道："汝之灵魂即宇宙。"还写道："在睡眠中，在深度睡眠中，人会走进他最内在的阿特曼，并栖居于此。"这些诗句蕴含着绝妙的智慧，它富有魔力的语词容纳一切圣贤知识，如蜂采之蜜般纯净。当然，这些由一代又一代智慧的婆罗门搜集和保存的知识不容忽视——但是，那些婆罗门、僧侣、圣人或忏悔者，那些

1 《娑摩吠陀》（*Sāmaveda*）是四部吠陀经中的第二部，梵文由 sāman（"典礼的圣歌"）和 veda（"知识"）两个词根构成。

2 奥义书（Upaniṣad）由吠陀发展而来，为古印度一类哲学文献的总称。

不仅能理解这些最深刻的知识，更能于生活中成功践行它们的人在哪里？那些深谙阿特曼之人，即便从熟睡中清醒，回到现实生活中，依然能在一言一行、一举一动中践行阿特曼的人在哪里？悉达多认识许多可敬的婆罗门，尤其是他那纯粹、博学、德高望重的父亲。父亲的确令人钦佩，他的举止沉静高尚，他的生活质朴纯粹，他的言语充满智慧,他的头脑中满是明智高尚的思想——可即便他的知识如此渊博，难道就生活在幸福中，获得安宁了吗？他不也仍旧在探索着、渴望着吗？难道他不也一样需要一次又一次痛饮圣泉之水，通过祭祀、通过读书、通过与其他婆罗门交谈来止渴吗？为什么他这个无罪之人要日日洗涤罪孽，日日为自我净化而辛劳，日日从头来过？阿特曼不就在他体内吗？这古老的源泉不就流淌在他自己的心灵中吗？人们必须找到它，这于自我中流淌的古老源泉必须将它内化！其余一切都只是寻寻觅觅、舍近求远、误入歧途。

这便是悉达多的思索，他的渴求，他的痛苦。

他常默诵《歌者奥义书》[1]中的句子："诚然，梵[2]之名为谛[3]——的确，谁明白此道，便能日日前往天国世界。"他时常感到天国近在咫尺，但却从未完全抵达；他也从未解除那终极的焦渴。在所有他认识的、教导过他的圣人和智者中，也无一人完全抵达天国世界，完全解除过那永恒的焦渴。

"戈文达，"悉达多对他的朋友道，"戈文达，亲爱的朋友，跟我到那榕树下，我们开始禅定吧。"

他们走到榕树下坐下来，这边坐着悉达多，二十步之外是戈文达。正当悉达多坐定，准备念诵"唵"时，他喃喃地重复着如下诗句：

唵为弓，灵作矢，

1　《歌者奥义书》（*Chandogya-Upanishad*）是印度最古老、最重要的奥义书之一，属于《娑摩吠陀》系统。

2　梵（Bráhman）在印度教中代表着至高的宇宙原则、宇宙的终极实在。

3　谛（Satyá）为印度诸宗教中重要的哲学观念，代表绝对的真理、真实、现实等。

梵乃矢之的，

坚志贯通之。

惯常的禅定练习时间结束后，戈文达站起身。夜幕降临，到了晚间沐浴的时候。他呼唤悉达多的名字。悉达多没有回答。他仍全神贯注地坐着，直直注视着极遥远之处，舌尖从齿缝间微微露出，似乎停止了呼吸。他就这样坐着，于禅定之中，思考着“唵”，灵魂如箭般射向梵。

这天，有沙门[1]经过悉达多所在的城市。他们是去朝圣的苦行僧，三个瘦削而憔悴的人不老也不年轻，肩上布满灰尘和血迹，近乎赤裸的身体被太阳晒得焦黑。他们是人世间的异类，如枯瘦的胡狼，被孤独包围着，对世界陌生而又充满敌意。他们身后飘荡着一股灼热的气息，那是他们无声的激情、残酷的献身和无情的自我剥离。

1　沙门（śramaṇa）为出家修道者的通称。

晚上，结束沉思冥想后，悉达多对戈文达说："明日一早，我的朋友，我就要同沙门一道离开。我将成为一名沙门。"

戈文达听到这话脸色发白，因为他从朋友不动声色的脸上读出了坚定，恰如离弦之箭般无可阻挡。戈文达一眼便认清：从现在开始，悉达多要走他自己的路了，他的命运开始生根发芽，我的命运也随之开始。念及此，他的脸色变得如晒干的香蕉皮一般。

"哦，悉达多，"他喊道，"你父亲会允许你这样做吗？"

悉达多如梦初醒，向他望去。他一下就读懂了戈文达的灵魂，读懂了他的恐惧，读懂了他的妥协。

"哦，戈文达，"他轻声说，"我们不要再浪费口舌。明天黎明，我将开始过沙门的生活。别再说了。"

悉达多走进小屋，父亲正坐在一张韧皮垫上。他走到父亲身后，站在那里，直到父亲感觉到有人站在他身后。这位婆罗门说："是你吗，悉达多？说说吧，你来所为何事？"

悉达多说："经你允许，我的父亲。我来是为了告诉你，我希望明天离家，到苦行僧那里去。成为一个沙门是我的意愿，望父亲不要反对。"

这位婆罗门沉默不语。他沉默许久，以至于小窗外星星缓缓移动，改变了星空的模样，室内仍一片静默。儿子双臂交叉，一动不动地站着；父亲坐在垫子上，一动不动地沉默着。只有星星在天上移动。而后父亲说道："婆罗门不应使用激烈和愤怒的词语，但不悦的情绪扰乱了我的心。我不希望再从你口中听到这个请求。"

这位婆罗门慢慢站了起来，悉达多双臂交叉，默默地站着。

"你在等什么呢？"父亲问道。

悉达多说："你知道。"

父亲不情愿地走出房间，不情愿地走到他的床铺边上躺下。

一小时后，婆罗门仍没有睡意，遂起身，走来走去，走出了屋子。他从房间的小窗往里看，看到悉达多站在那里，双臂交叉，一动不动。他浅色的外袍闪着苍白的

光芒。父亲心神不宁，回到他的床上。

一小时后，婆罗门仍没有睡意，遂又起身，来回走动，走到屋前，看到月亮升起。他从房间的窗户往里看，悉达多还站在那里，一动不动，双臂交叉，他赤裸的小腿反射着月光。父亲内心焦急，回到他的床边。

一小时后他又过来，两小时后他又过来，透过小窗看到悉达多站着，在月色中，在星光下，在黑暗里。一小时后他又过来，沉默地看向屋内，看到他站立不动，心中满是愤怒，满是不安，满是犹疑，满是悲伤。

到了凌晨的最后时分，在白昼来临之前，他又过来了，走进房间，看见年轻人仍站在那里，看上去是那样高大、那样陌生。

“悉达多，”他开口，“你在等什么？”

“你知道。”

“你要一直这样站着，等到白天，等到中午，等到晚上吗？”

“我将站着，等待着。”

“你会累的，悉达多。”

“我会累。”

“你会睡着的，悉达多。”

“我不会睡着。”

“你会死的，悉达多。”

“我会死。”

“你宁死也不顺从父亲吗？”

“我一直服从父亲。”

“那么你就要放弃你的计划了？”

“我会按照父亲说的去做。”

一天的第一道曙光落入室内。婆罗门看到悉达多跪在地上轻轻地颤抖着，而悉达多脸上却见不到一丝抖动。他的眼睛注视着远方。这时，父亲意识到，悉达多现在已经不在他身边，也不在家里，早已离开了他。

父亲抚上悉达多的肩头。

“你将要……”他说，“走进森林，做一个沙门。如果你在森林中找到了幸福，那便回来教授我幸福之道。如果你只找到了失望，那就回来，让我们再次一起祭祀神灵。现在去亲吻你的母亲，告诉她，你要去哪里。不

过对我来说，现在是去河边进行第一次沐浴的时候了。”

他把手从儿子的肩膀上挪开，走了出去。悉达多试图行走，但身体摇晃不稳。他控制住身体，向父亲鞠了一躬，然后去母亲那里，遵循了父亲的指令。

当他在第一道曙光中缓缓迈开僵硬的双腿，离开这个仍然寂静的城市时，一个蜷缩在最后一间小屋前的黑影站了起来，加入了朝圣者的行列——是戈文达。

“你来了。”悉达多微笑着说。

“我来了。”戈文达说。

在沙门处

当晚，两人追上那几个瘦弱的沙门苦行僧，提出与他们相伴同行，听从他们的教导。两人被接纳了。

悉达多将袍子赠给了街上一位贫穷的婆罗门。他身上只系着一块遮羞布，披一块未经缝制的土色披巾。他每日只食一餐，且从不吃熟食。他斋戒了十五日。他斋戒了二十八日。他的大腿和脸颊日渐消瘦下去。他变大的眼睛里闪着炽热的梦想，他枯瘦的手指生出长长的指甲，他的下巴长出干枯毛躁的胡须。他遇见女人时，目光变得冰冷。他行走城中，见到人们衣着华丽，会轻蔑

地撇撇嘴。他旁观商贩经商，贵族出门打猎，服丧者为亡者哭泣，妓女招揽客人，医生治病救人，僧侣择定播种吉日，恋人谈情说爱，母亲哺育幼儿。而这一切都不值一看，一切都是欺骗、都在发臭；一切都散发着谎言的恶臭，一切意义、幸福和美好都是伪装，一切都在腐烂。世间充满辛酸，人生实在痛苦。

悉达多眼中有一个目标，也是唯一的目标：空。不再有渴求，不再有愿望，不再有梦想，不再有欢乐和痛苦。消除自我，不再有我，为空空如也的心灵找到安宁，在忘我的思索中敞开心扉迎接奇迹，这就是他的目标。当所有的自我都被战胜而死亡，当心中的一切欲念与本能都沉寂下来，那个终极之物就一定会觉醒。那是最内在的存在，是无我，是伟大的奥秘。

悉达多默默站在烈日直射之下，皮肤灼痛，干渴难耐。他一直站着，直到他不再感到疼痛和干渴。默默地，他站在雨中，水顺着头发滴落在冻僵的肩膀上，滴落在冻僵的臀部和腿上。而这个忏悔者一动不动，直到肩膀和腿不再感到冰冷，直到它们变得麻木、僵硬。他默默

蹲在荆棘丛中，血从灼痛的皮肤上滴落，脓从溃烂的疮口中流出。悉达多仍僵持着，一动不动，直到不再有血液流出，直到不再感到刺痛，不再感到灼烧。

悉达多笔直端坐，修习如何减少呼吸，保持微弱的呼吸，进而停止呼吸。他的修行始于呼吸，随后又练习平定心跳，减少心跳次数，直到心跳减缓，几近停止。

在沙门长老的教导下，悉达多遵照新的沙门戒律，苦修自我剥离，苦修禅定沉思。一只苍鹭飞过竹林，悉达多将苍鹭纳入自己的灵魂，飞过森林和山脉；他变成苍鹭捕食鱼类，忍受苍鹭的饥饿，发出苍鹭的啼叫，作为一只苍鹭死去。一匹胡狼陈尸沙岸，悉达多的灵魂钻进尸骸，成为死去的胡狼；他躺在沙滩上，膨胀、发臭、腐烂，被鬣狗撕咬，被秃鹰剥皮，只剩一具骨架，化为灰尘，被吹散在原野之上。悉达多的灵魂回来了，他曾经死过、腐烂过、消散过，尝到了轮回那朦胧的沉醉，像猎人般怀着新的渴望寻求一个缺口，能使他摆脱轮回，追溯到因果的尽头，开启无悲的永恒。他扼杀感官、消灭记忆，从他的自我中出离，化入千万种陌生的事物，

他是动物，是腐尸，是石头，是木头，是水。可他发觉自己总会醒来，在阳光下或月色中，重归自我，在轮回里飘摇，感到渴望，克服渴望，又生出新的渴望。

悉达多在沙门处学到了很多东西，学到了很多远离自我的途径。他通过感受痛苦来剥离自我，自愿承受痛苦并克服了痛苦、饥饿、焦渴与疲累。他通过沉思冥想来剥离自我，清空了头脑中的一切想法。他试过各种各样的方法，曾千百次离开他的自我，在非我之境盘桓数小时乃至数日。但是，即便这些道路能让他远离自我，终点却仍旧是回到自我。无论悉达多曾多少次逃离自我，在虚无中徘徊，在动物和石头中徘徊，回归之时都无法避免。他无可避免地发现自己在阳光下、月色里、树荫底、细雨中再次成为自我，成为悉达多，愈发强烈地感受到轮回的折磨。

戈文达作为悉达多的影子，和他一起生活，走同样的路，付出同等努力。除功课与修行之需，他们很少交谈。偶尔，他们两人会穿过村落，为自己和老师们化缘。

“你怎么想，戈文达，”某天，悉达多在化缘途中问

道，“你认为我们进步了吗？我们实现目标了吗？”

戈文达回答：“我们已经学会了很多，还会学到更多。你将成为一位伟大的沙门，悉达多。你能很快掌握每一种修行，老沙门们常对你表示赞许。悉达多啊，有朝一日你会成为圣人。”

悉达多道：“我不这么认为，我的朋友。我至今在沙门处学到的东西，哦，戈文达，我本可以更快、更容易地学会。在红灯区的任何一家酒馆里，我的朋友，混迹于车夫和赌徒中间，我同样可以学到。”

戈文达说：“你在和我开玩笑呢。在那些可怜虫那里，你怎么可能学会禅定，怎么可能学会屏气，怎么可能学会漠视饥饿和痛苦？”

悉达多轻声回答，仿佛在自言自语：“何谓禅定？何谓脱离肉身？何谓斋戒？何谓屏气？只不过是逃避自我罢了，是短暂逃离了自我的折磨，是暂时麻痹了生命的痛苦与虚无。客栈里赶牛的车夫同样找得到这种逃避、这种短暂的麻醉——只消几碗米酒或发酵的椰汁下肚。于是他不再能感觉到自己，不再能感觉到生活的痛苦，

他被暂时麻醉了。他醉倒在一碗米酒之下，迷迷糊糊中得到的，正是你我所寻到的，而我们却用了很长的时间来修习如何摆脱肉身束缚，停留在非我境界。哦，戈文达，就是这样。”

戈文达道：“你怎能这样说？朋友，你明知自己不是赶牛车夫，沙门也并非酒鬼。醉汉也许会得到麻醉，也许会得到短暂的逃避和休息，但他从幻觉中回来后会发现一切如故，没有变得更聪明，没有获得知识，没有上一个台阶。”

悉达多微笑着说道：“我不知道，我从来没有做过酒鬼。但我悉达多在修行和禅定中只找到了短暂的麻醉，离智慧和救赎仍如此遥远，与尚在子宫里的胎儿无异。这我知道，噢，戈文达，我知道。”

还有一次，当悉达多与戈文达离开森林，去村里为师兄弟和师父化缘时，悉达多开口说道：“哦，戈文达，现在呢，我们真的在正确的道路上吗？我们离知识更近了吗？我们离救赎更近了吗？难道我们不是在绕圈子吗——我们这些自以为摆脱了轮回的人？”

戈文达说："悉达多，我们已经学到了很多，还有很多需要学习。我们没有在绕圈子，而是在往上走，这圆圈实为上升的螺旋，我们已经登上不少台阶了。"

悉达多回答："你认为最年长的沙门、我们尊贵的老师，有多少岁了？"

戈文达说："最老的也许有六十岁了。"

悉达多又道："他已经六十岁了，还没能抵达涅槃。他还将活到七十岁、八十岁。你和我同样也会变老，我们将修行、斋戒和冥想，但我们不会抵达涅槃。他不会，我们也不会。戈文达啊，我想在所有的沙门中，也许没有一人会抵达涅槃。我们找到了慰藉，我们获得了麻醉，我们学到了欺骗自己的手段。但我们没有寻到本质，没寻到那条路中之路。"

"但愿你别再说这样吓人的话，悉达多！"戈文达道，"在这么多有学问的人中，在这么多婆罗门中，在这么多严厉可敬的沙门中，在这么多有追求的人中，在这么多狂热的人中，在这么多圣人中，怎么会没人找到这条路中之路呢？"

但悉达多用一种既含着悲伤又含着嘲弄的声音，轻轻地、略微伤感地、颇带讽刺地说道：“很快，戈文达，我作为你的朋友将离开这条与你同行了这么久的沙门之路。我的渴求折磨着我，戈文达啊，在这条漫长的沙门之路上，我的渴求没有减少分毫。我一直渴求知识，我心中一直充满疑问。我求问婆罗门，年复一年；我求问神圣的《吠陀》，年复一年；我求问虔诚的沙门，年复一年。也许，戈文达啊，这并不比我去问犀牛或黑猩猩更好、更智慧、更有益。我已经花了很长时间，还要花更长的时间去学习。噢，戈文达，一个人学不到任何东西！我相信，根本没有任何东西是可以让我学到的！我相信，根本没有我们所谓‘学问’的东西。我的朋友啊，只有一种知识，它无处不在，那就是阿特曼，它存在于我、于你、于每个生命之中。因而我逐渐相信，这种知识最糟糕的敌人就是求知欲，就是学问。”

闻言，戈文达停下脚步，举起双手说道：“愿你，悉达多，别用这种话来吓唬我！你的言语的确令我感到恐惧！你好好想一想，果真如你所说，果真没有学问，那

么祈祷的神圣何在，婆罗门的荣誉何在，沙门的神圣何在？这样一来，悉达多啊，世上一切神圣的、珍贵的、可敬的东西都成了什么了？！”

接着，戈文达喃喃地念起诗来，是《奥义书》中的诗句：

谁冥思苦想，以纯净之心，沉入阿特曼；

其内心极乐将难以言表。

但悉达多仍沉默不语。他思考着戈文达对他说的话，从头到尾细细琢磨。

他垂首站立，思考着：“是啊，那些貌似神圣的一切会留下什么呢？还剩下什么呢？有什么能经得起考验呢？”然后他摇了摇头。

这两位年轻人与沙门一起生活、修行了近三年。某天，一则消息、一条谣言、一个传说不胫而走：有人名唤乔达摩，是位圣人、佛陀，他已超越尘世的苦痛、脱离轮回。他在弟子的簇拥下云游四方、传道授业，

他没有财产、没有家园、没有妻室，在苦行僧的黄色斗篷之下，露出他高阔明亮的额头。这是一位圣人，就连婆罗门和王公贵族都在他面前俯首，愿意成为他的弟子。

这个传说、这个谣言、这个童话越传越广，沸沸扬扬。城里的婆罗门在谈论他，森林里的沙门也在谈论他，佛陀乔达摩的名字一次次传入年轻人的耳朵里，有好有坏，毁誉参半。

这就好比在一个瘟疫肆虐的国家里传出了一则消息，说世间有位高人、智者、专家，他的话语和气息便足以治愈所有受瘟疫折磨的人。于是这个消息迅速传遍全国，每个人都在谈论它，许多人相信，许多人怀疑，许多人则立即出发去寻访这位圣人、这位救星。关于出身于悉达多家族的佛陀乔达摩的美好传说，也正是如此在这片土地上流传开来。信徒们说，他掌握了最高的知识，记得前世的生活，抵达了涅槃，再也不用经历轮回，再也不会堕入尘世万物的浊流。到处流传着他那诸多不可思议的壮举：他曾创造奇迹，降妖除魔，对话众神。而他

的敌对者和怀疑者却说，这乔达摩是个自命不凡的骗子，过着优渥的生活，蔑视祭祀，不学无术，荒废修行，遑论禁欲。

佛陀的传说听起来如此美妙，散发着魔力。世间疾苦，人生实难——但是请看，这里似乎涌出了一股清泉，这里似乎传来了天使的呼唤，多么慰藉人心，多么温和，充满了高雅的承诺。到处都流传着佛陀的传说，印度各地的年轻人都侧耳聆听，心生向往与希望。城里郊外的婆罗门子弟欢迎每一位朝圣者和陌生人，只求他们能带来关于那位高僧的消息。

就连森林里的沙门，就连悉达多和戈文达，也都听闻了这个传说。它慢慢地、一点一滴地传来，每一点都饱含着希望，每一滴都饱含着疑虑。他们很少谈及此事，因为最年长的沙门不喜欢这个传说。他听说这位所谓的佛陀也曾是苦行僧，隐居森林，后来却又回去过安逸、舒适的世俗生活。因此他对乔达摩不以为意。

“哦，悉达多，”戈文达某天对他的朋友说，“今天我去村子里，一个婆罗门邀请我去他家。他家有位来自摩

揭陀[1]的婆罗门子弟，亲眼见过佛陀，亲耳听过佛陀教诲。说真的，我当时激动得吸口气都胸腔作痛，心想：‘要是我、我们、悉达多和我，也能有机会从那位得道高人口中聆听教诲该多好！’你说说，朋友，我们是不是也应该去那里，亲耳聆听佛陀教诲？”

悉达多说：“哦，戈文达，我一直以为你会留在沙门这儿，一直以为你的目标就是活到六七十岁还一直修炼这些表面功夫。可你瞧，我太不了解你了，不了解你的心。现在看来，我忠实的朋友，你准备踏上一条新的道路，去佛陀传道授业的地方了。”

戈文达说：“你惯会嘲弄人。随你怎么讽刺我吧，悉达多！但你难道就不想要、不渴望听听佛陀的教导吗？你不也曾对我说，你不会再继续走沙门之路了吗？”

悉达多以他独有的方式笑了起来。他的嗓音笼罩着一丝伤感、一丝嘲弄，说道：“好，戈文达，你说得很好，你记得很好。但愿你也还记得从我这里听到的另一

1　摩揭陀（Magādha）为古代中印度十六强国之一。

句话，那就是我已经怀疑、厌倦教学和求学了，我已不再相信老师灌输给我们的话语。但是嘛，亲爱的朋友，我已经准备好去聆听教诲了——尽管我心里确信，我们已经品尝到那教诲最甘美的果实了。”

戈文达说：“你的决定让我很高兴。但你说说，这怎么可能呢？我们还没有听过乔达摩的教诲，它又怎么可能已为我们结出最甘美的果实呢？”

悉达多说：“就让我们好好享受这果实，其余的且等一等吧，哦，戈文达！这果实嘛，多亏有乔达摩，我们才能尝到，是他叫我们离开沙门的！他能否带给我们其他更好的东西，朋友啊，就让我们静心等候吧。”

当天，悉达多便将他们要离开的决定禀明沙门长老，礼貌而谦逊，合乎晚辈与弟子的身份。但听到两位年轻人的离意后，老沙门震怒，旋即破口大骂。

戈文达吓了一跳，不知所措，但悉达多凑到戈文达耳边轻声说道：“我现在就要让这老头儿瞧瞧，我从他那儿都学了些什么。”

他凑到沙门近前站定，聚精凝神，牢牢锁住长老的

目光，意图震慑他，使他沉默，磨灭他的意志，让他服从于自己的意志，默默听从自己的命令行事。长老默然失语、目光呆滞，他的意志瘫痪了，他的手臂垂下来了，他无助地屈服于悉达多的魔力。悉达多的思想彻底控制了老沙门，他不得不依照悉达多的命令行事。于是，长老数次鞠躬，连连做出祝福的手势，结结巴巴地祝他们旅途平安。两位年轻人鞠躬致谢并回以祝福，而后欣然启程。

途中，戈文达说道："哦，悉达多，你从沙门那里学到的东西比我想的还要多。蛊惑一位老沙门真是件难事，极难的事！说真的，如果你留在那儿，一定很快就能学会在水上行走。"

"我对在水上行走没兴趣。"悉达多说。

"但愿那些老沙门能满足于这些花架子功夫吧！"

乔达摩

在舍卫城[1]，每个孩子都知道世尊佛陀的名字，家家户户都准备好为乔达摩的弟子——那些沉默的化缘者——盛满乞求布施的钵。乔达摩最喜爱的住处靠近城市，是为祇园精舍[2]。它由世尊忠实的信徒、富有的商人给孤独

1　舍卫城，为佛教八大圣地之一，相传佛陀释迦牟尼曾长年居留此地宣讲经义。

2　祇园精舍，全称祇树给孤独园，位于舍卫城南郊，为佛陀当年传习佛法的重要场所。

长者[1]赠予乔达摩及其信众。

两个年轻的苦行僧一路探寻乔达摩的居所，听到的所有描述和回答都指向这个地区。他们一到舍卫城，便在第一间屋舍门前停下化缘。屋主提供饭食，他们接过饭食，悉达多问那位递给他们食物的女人：

仁慈的施主，我们很想知道最尊贵的佛陀住在何处。我们两个是来自森林的沙门，来拜访这位功德圆满之人，亲耳聆听他的教诲。

女人答道："你们这些来自森林的沙门，下山来这里可真是找对地方了。要知道，世尊住在祇园精舍，在给孤独长者的院子里。你们两位朝圣者可以在那里过夜，那里有足够的房间，用来接待无数为了听他亲口传道蜂拥而至的人。"

1　给孤独长者，原名须达多，因其为人乐善好施，常施给孤苦、独夫等无依者，故又称"给孤独长者"。

戈文达很高兴，他满心欢喜地喊道："太好了，我们已经抵达目的地，我们的旅途到了终点！但给我们说说，你这朝圣者的母亲啊，你认识他吗？那位佛陀，你亲眼见过他吗？"

女人说道："我曾多次见过那位世尊。我曾在好多日子里见过他，见过他如何穿过街巷，沉默不语，身着黄衫；见过他如何沉默地从屋门外递来他的钵，又如何端过盛满食物的钵离开。"

戈文达听得入迷，还想再问更多、再听更多。但悉达多提醒他继续前进。他们道谢后便离开了，此后几乎不用问路，因为有不少朝圣者和乔达摩的弟子都在去往祇园精舍的路上。他们到达时已是夜晚，仍不断有寻找住所的人来到这里，吵吵嚷嚷。习惯森林生活的两位沙门迅速而安静地找到了住所，休息至天亮。

日出时他们惊奇地发现，有那么多信徒和好奇者在这里过了一夜。壮丽的林苑中，每条路上都有身着黄色长袍的僧侣在漫步。僧人们在各处树下坐着，沉浸于沉思中，或在思想的交流中。阴凉的庭院仿如一座城市，

人山人海，蜂屯蚁聚。多数僧侣拿着钵出门去了，到城中为午餐的食物化缘，这是他们一天中唯一的一餐饭。即便是佛陀本人，这位悟道者也习惯了在早上外出化缘。

悉达多看到了他，并立刻认出了他，仿佛有神灵指点。他看着他，见他是个身着黄袍的平凡男子，手捧钵盂，静静走着。

“看这里！”悉达多悄悄对戈文达说，“此人就是佛陀。”

戈文达仔细打量这位身着黄袍的僧人，这人看上去与其他几百个僧人没什么不同。不过戈文达很快也意识到：此人就是佛陀。于是他们便跟随着他，注视着他。

佛陀谦恭地走着自己的路，沉浸在思考中，平静的面孔不喜不悲，似乎由内而外散发着柔和的微笑。佛陀带着隐约的微笑走着，平静而祥和，简直像个健康的孩童。他身着僧衣，迈着同其他所有僧侣一样的步子，严格遵循规矩。但他的面容、他的步伐、他静静低垂的目光、他静静垂下的双手，以及他静静垂下的双手的每一根手指，都在诉说着和平、诉说着圆满；他无欲无求，

不做效仿；在一种永恒不变的安宁之中，在一抹永不暗淡的光芒之中，在一片不可触碰的和平之中，他轻轻地呼吸着。

就这样，乔达摩漫步去城里化缘。而两位沙门仅凭他圆满的安宁和沉静的仪态就认出了他——无所欲、无所求、不效仿、不费力，唯有光明与和平。

“今天我们将从他的口中聆听教诲。”戈文达说。

悉达多没有回答。他并不怎么好奇教义内容，不相信这教义能教会他什么新东西。因为他和戈文达一样，早就反反复复地听说过这位佛陀讲经的内容了，尽管那些都只是第二手、第三手内容。但他仔细地观察着乔达摩的头、肩、脚，还有静静垂下的手。在他看来，那只手每根手指的每个关节都有教义，都在说话、在呼吸，都散发着芳香、闪耀着真理。这个人，这位佛陀，连他最后一根手指的姿态都真实可见。这个人是神圣的。悉达多还从未如此崇敬过一个人，从未如此敬慕过一个人。

两人跟随佛陀行至城内，又默默返回，因为他们那

天原本打算禁食。他们看见乔达摩回来，看见他与弟子围坐一圈用餐——他吃的东西少到连一只鸟都无法果腹——然后他们看见他退至杧果树的浓荫下。

入夜后，暑热消退，庭院中到处都活跃起来，人们聚集在一起，聆听佛陀的教导。他们听到了佛陀的声音，依然如此完满，饱含着安宁，充满了和平。乔达摩传授了关于苦难的教义，述说了苦难的起源，揭示了消除苦难的方法。他平静的演讲如水般静谧而清澈地流淌着。生命即是受苦，世间充满苦难，但有办法从苦难中得到救赎：依循佛陀之路，便能得到救赎。世尊用温和而坚定的嗓音宣讲，论四圣谛[1]，解八正道[2]。他耐心地用熟悉的方式讲经、例证、温习，他的声音明亮而平静地回荡在听众的头顶上空，仿佛一束光芒、一片星空。

佛陀讲经结束时已是深夜，一些朝圣者上前请求皈

1　四圣谛，即苦圣谛、苦集圣谛、苦灭圣谛和苦灭道圣谛（简称苦、集、灭、道），是释迦牟尼体悟的四条真理。

2　八正道为佛弟子修行的八项内容：正见、正思维、正语、正业、正命、正精进、正念、正定。

依佛陀，追随教义。乔达摩接纳了他们，说：“你们都听过了我的教导，接受了我的教义，便请进门，步入神圣之所，结束一切苦难吧。”

瞧，连腼腆的戈文达也站出来说“我也皈依世尊和他的教义”，并请求佛陀纳他为弟子，也被接纳了。

紧接着，待佛陀退下就寝后，戈文达转向悉达多急切地说道：“悉达多，我本不应责备你。我们两人都聆听了世尊讲经，都认同他的教义。我听从了教诲，已经皈依佛陀。但你呢，我敬重的你难道不想走这条救赎之路吗？难道你还要犹豫，还要等待吗？”

悉达多听到戈文达的话，方才如梦初醒。他久久凝视着戈文达的脸庞。然后他轻声地、不带嘲讽地说道：“戈文达，我的朋友，你终于迈出了这一步，你终于选定了一条路。哦，戈文达，你一直都是我的朋友，你一直跟在我的身后。我常常想：‘有朝一日，戈文达会不会也能在没有我的情况下独自迈出一步，出于他自己的意愿？’瞧，你如今已经成为男子汉，选择了自己的道路。但愿你能走完这条路，我的朋友啊，但愿你找到

救赎！”

戈文达仍未完全理解，他用不耐烦的语气重复了他的问题："告诉我吧，我求你了，我亲爱的朋友！告诉我，别无其他可能；你，我博学的朋友，告诉我你也将皈依世尊佛陀！”

悉达多把手放在戈文达肩上说："你没有领会我的祝福，哦，戈文达。我再重复一遍：但愿你能走完这条路！但愿你找到救赎！”

这一刻，戈文达意识到，他的朋友要离开他了。他开始流泪。

“悉达多！”他哀怨地喊道。

悉达多亲切地对他说："别忘了，戈文达，你现在已经是佛陀的沙门了！你已经抛弃了故乡和父母，抛弃了出身和财产，抛弃了个人意志，抛弃了友谊。这是教义的要求，这是世尊的要求。这也是你自己的意愿。明天，哦，戈文达，我就要离你而去。”

两位好友在小树林里漫步良久，躺下后也久久不能入眠。戈文达再三追问悉达多，要他告诉自己，为什

么不愿意皈依乔达摩的教义，他在佛陀的教义中发现了哪些错误。但悉达多每次都拒绝作答，并说：“放心吧，戈文达！世尊的教义极好，我怎么可能从中挑出错误呢？”

拂晓，一位追随佛陀的最年长的僧人穿过庭院，把所有刚皈依佛陀的弟子都叫到身边，为他们披上黄色的僧衣，并指导他们掌握最基础的教义和职责。于是戈文达也立刻起身，再一次拥抱了他青年时代的朋友，加入了新人的队伍。

悉达多则沉思着漫步穿过林苑。

这时，他碰见了世尊乔达摩，毕恭毕敬地向佛陀行礼，见佛陀的目光如此仁慈又安详，于是便鼓起勇气，请求世尊允许自己和他对谈。世尊默默点头，以示同意。

悉达多道：“昨天，哦，世尊，我有幸聆听您绝妙的教义。我和朋友从远方一道赶来，就为听您讲经。而如今，我的朋友将留在此处，他已经皈依您了。我却又将开始新的朝圣之旅。”

“如您所愿。”世尊礼貌地回道。

“我的话可能太狂妄，”悉达多继续说，“但在我把想法真诚地传达给世尊之前，我不愿离开。世尊可否稍驻片刻，听我一言？”

佛陀默默点头，以示同意。

悉达多道：“在您的教义中，最尊敬的佛陀啊，有一样最令我佩服。在您的教义中，一切都清清楚楚，证据确凿。您向世人展示，世界是一条永恒的因果之链，如此完满，从不间断。从未有人如此清楚地认识到这一点，从未有人如此无可辩驳地表明这一点。若是听从了您的教导，认识到世界是个紧密联结的整体，没有缝隙，清澈如水晶，不依靠偶然，不仰赖神灵，任何一位婆罗门都定然感到心潮澎湃。世界是善是恶，尘世生活是悲是喜，皆无定论，或许也无关紧要。世界和谐统一，万事万物互相联结，凡大小事物皆包含于同一洪流之中，遵循同样的规律缘起、发展、寂灭，这些都在您崇高的教义中被阐明了，功德圆满的佛陀啊！但是现在，根据您自己的教义，万物的统一性与连续性却在某处中断了。一些陌生的、全新的、从未有过的、无从展示也无法证

明的东西，通过一个小缺口涌入了这个和谐统一的世界，那便是您关于超脱尘世、获得救赎的教诲。有了这个小缺口，有了这点小破绽，整个永恒的、统一的普遍法则便破裂瓦解了。愿您原谅我提出的质疑。”

乔达摩静静倾听他的话，一动不动。这位功德圆满的高僧用他和蔼、文雅而清晰的声音说道：“你听过了教义，哦，婆罗门之子，难得你能如此深入地思考它。你在其中发现了一个缺口、一个错误，但愿你继续深入思考。可你这好学善思之人，要警惕观点的繁杂、言语的纷争。重点不在于观点的内容，不论它们是美的或丑的，是明智的或愚蠢的，任何人都可以追随或是摒弃。但你们从我这里听到的教义并非观点，其目的也并非向求知者解释世界。它的目的是不同的，它的目的是让人从痛苦中得到救赎。这才是乔达摩的教义，再无其他。”

“但愿您别生我的气，世尊啊，”悉达多说道，“我并不是想要与您争论，做言语之争，才对您说这些。您所言确实有理，这与观点关系不大。但请让我再说一句，我一刻也不曾怀疑过您。我一刻也不曾怀疑过您就是佛

陀，您已经达到了那最高的目标，成千上万的婆罗门和婆罗门之子正朝着这个目标前进。您已经超越死亡，找到救赎。那是您凭借自身的探索，用自己的方式，通过思考、通过禅定、通过认识、通过证悟得来的。那不是您从教义中得来的！哦，世尊，这就是我的想法——没人能仅凭教义获得救赎！哦，世尊，您无法用言语和教诲来告诉别人，在您大彻大悟之时发生的事情。大彻大悟的佛陀的教义包含了许多东西，它教导人们过正直的生活、不要作恶。但唯有一件事不包含在这如此清晰、如此尊贵的教义中：它并不包含芸芸众生中只有世尊亲身经历过的那个秘密。这便是我在聆听教义时的想法和认识。这便是我要继续流浪的原因——不是为了寻找另一种更好的教义，因为我知道那并不存在，而是为了摆脱一切教义和一切老师，独自达到我的目标，或者死亡。但我会常常想起这一天，世尊啊，想起这个时刻，我亲眼见到一位圣人。”

佛陀静静凝视地面，高深莫测的脸上默默散发着纯粹而宁静的微笑。

“但愿你的想法，”佛陀缓缓说道，“不是谬误！愿你实现目标！但请告诉我：你是否看见了我门下的众多沙门，我的众多弟兄，他们都已经皈依我的教义？陌生的沙门，你是否认为，他们最好也都抛弃教义，重回世俗的、充满欲望的生活呢？”

“我完全没有这样的想法，”悉达多喊道，“但愿他们都能坚持信奉教义，愿他们达到目标！我绝对无意评判别人的生活。唯独我自己，我只必须为我自己判断、选择、拒绝。从自我中获得救赎是我们沙门的追求，世尊啊。如果我成为你的弟子，世尊啊，我担心我的自我只会表面地、虚假地得到安宁和救赎，而实际上却仍然活着并长大，因为我会将教义、将我的弟子、将我对您的爱戴、将整个僧侣团体都统统纳入我的自我！”

乔达摩似笑非笑，坚定的目光明亮而友善，他注视着这个陌生人的眼睛，用几乎不可察觉的姿态向他告别。

“你很聪明，沙门。”世尊说道，“你知道如何聪明地谈话，我的朋友。可当心聪明反被聪明误！”

佛陀离开了，他的目光、他似笑非笑的面容永远印

刻在悉达多的记忆中。

“我还从没见过一个人像这样注视、微笑、端坐、行走，”悉达多想，“真希望我也能像这样注视、微笑、端坐、行走，如此自由，如此尊贵，如此沉着，如此坦然，如此纯真，如此神秘。真的只有洞察了自己内心最深处的人，才能像这样注视、行走啊。很好，我也要试着洞察自己的内心最深处。”

“我看见了一个人，”悉达多想，“只有这一个人，让我在他的面前必须垂下眼睛。我不会在其他任何人面前垂下眼睛，任何人。既然连此人的教义都无法吸引我，那就不会再有任何教义能吸引我了。”

“佛陀从我这里夺走了一些东西，”悉达多想，“他夺走了一些东西，但是他赐予我的却更多。他夺走了我的朋友，那个曾信奉我、如今信奉他的朋友，那个曾是我的影子、如今是乔达摩的影子的朋友。但他赠予我的是悉达多，是我自己。”

觉醒

悉达多离开祇园时，功德圆满的佛陀仍留在那里，戈文达仍留在那里，于是他感到自己过往的生活也留在了那座祇园，与他分离。他慢慢走着，思索着这种完全充满他身心的感觉。他深深地思索着，如涉入深潭般潜入这种感觉的底部，直溯其根源。因为在他看来，思考正是认识事物的根源，唯有通过这种方式才能让感觉化为认知，让它不仅不消失，反而变得至关重要，并开始散发内在的光芒。

悉达多慢慢走着，思索着。他意识到自己不再是个

小年轻，而已经成长为一个男人了。他意识到，有一样东西已经离开了他，就像蛇蜕去的老皮一样，那伴随了他整个青年时代的属于他的东西不复存在：对拜师的渴望，对聆听教义的渴望。他已经离开了人生道路上遇到的最后一位老师，那是最高尚、最智慧的老师，是最神圣的佛陀。即便如此，他仍不得不与佛陀分别，他也无法接受佛陀的教义。

这个思考者走得更慢了，他扪心自问：“但你究竟想从教义和老师那里学到什么呢？那些人教会你很多，但他们无法教给你的又是什么呢？”于是他发现：“是自我。我想学的是自我的意义和本质。我想要摆脱、想要克服的是自我。但我无法克服它，只能哄骗它，只能逃离它，只能躲避它。诚然，世上没有任何东西像我的自我一样使我费心思考，我之所以活着，我之所以是独立于所有其他人的个体，我之所以是悉达多，都是因为这个谜！而世间万物之中，我了解得最少的恰恰是我自己，是悉达多！”

这个慢慢走着的思考者不禁驻足，他被这个想法迷

住了，又立刻从这个想法跳跃到另一个想法。这个新的想法是："我对自己一无所知，对自己一直如此陌生而未知，究其原因，唯有一个：我害怕自己，我在逃避自己！我寻找阿特曼，寻找梵，我曾想过将我的自我撕碎、剥开，以便在不为人知的内心深处找到重重外壳下的核心，找到阿特曼，找到生命，找到神性，找到终极之物。但我却在这个过程中迷失了自己。"

悉达多睁大双眼，环顾四周，脸上充满笑容，一种大梦初醒的深切感受流遍他的全身，包括脚趾。他随即又奔跑起来，跑得飞快，正如每个知道自己要去做什么的人。

"噢，"他深深叹出一口气，心想，"现在我不会再让悉达多溜走了！我不会再从阿特曼及尘世的痛苦出发来思考和生活。我不会再杀死并撕碎自己，就为了寻找碎片背后的秘密。我不想再遵循《瑜伽吠陀》[1]和《阿达婆吠

1 原文如此。此处可能是指《夜柔吠陀》，即四部吠陀经中的第三部，内容着重礼拜及牲礼等宗教仪式，梵文由 yajus（"祭祀"）和 veda（"知识"）两个词根构成。

陀》[1]的教导，也不想再做苦行僧，也不想再修习任何教义。我要向自己学习，成为自己的弟子；我要认识我自己，认识悉达多的秘密。”

他环顾四周，仿佛平生第一次见到这世界。世界如此美丽，世界五彩缤纷，世界奇特而又神秘！这里是蓝色，这里是黄色，这里是绿色，流云在天上飘，河水在地上流，森林与群山默然耸立，一切都是美的，一切都神秘莫测、富有魔力！而在这一切之中，他——悉达多——这个觉醒中的人，正朝着自己走去。所有这些，所有这些黄色和蓝色，河流与森林，第一次通过眼睛映入了悉达多的心灵。它们不再是魔罗[2]的法术，不再是摩耶[3]的面纱，不再是表象世界无意义而偶然的纷杂，这位向来苦心思虑、蔑视多样、寻求归一的婆罗门不再对其

---

1 《阿达婆吠陀》（*Atharvavéda*）为四部吠陀经中的第四部，由《梨俱吠陀》的咒语部分发展而来。梵文由 atharvan（意义不明，可能为最初传授这种吠陀的家族之名）和 veda（“知识”）两个词根构成。

2 魔罗（Māra）为佛教神话中的恶魔，是诱惑、欲望和邪恶的代名词。

3 摩耶（Māyā）在印度宗教与哲学中意为幻影、错觉。

不屑一顾。蓝即是蓝，河流即是河流，于悉达多而言，如果连蓝色和河流之中也蕴含着那唯一的、神圣的所在，那么这便是神性存在方式和意义，这是黄色，这是蓝色，那里是天空，那里是森林，而悉达多就在这里。意义和本质并不在事物背后的某个地方，它们就在其中，在一切事物中。

“我曾经多么麻木、愚钝啊！”这个匆匆前行的漫游者心想，“一个人读一篇经文，想要探求其中的深意，他便不会藐视那些符号和字母，说它们是假象、偶然和毫无价值的空壳，而是会一个字母一个字母地读它、研究它、爱它。但我想要阅读世界之书和我的自身存在之书，却因为一个先入为主的观念而轻视其中的符号和字母，称表象世界为假象，称我的眼睛和舌头为偶然而毫无价值的表象。不，这些都已过去，我已经觉醒，我的确已经觉醒，就在今日获得新生。”

悉达多正思考着，却又突然停下，仿佛有一条蛇横在他面前的路上。

因为他突然清楚地认识到，他的确像一个觉醒者或

者说新生儿，他必须重新开始他的生活，彻底从头开始。他当天早晨离开祇园精舍，离开佛陀的林苑时，就已经开始觉醒了，已经走上了通往自己的道路。当时他意图在经历了多年苦行生活后回到家中、回到父亲身边，这种想法在他看来理所当然。但现在，就在这一刻，在他停下脚步，仿佛面前路上横着一条蛇的时刻，他也清醒地意识到："我不再是以前的我，不再是苦行者，不再是僧人，不再是婆罗门。我还能在家里、在父亲身边做什么？修习？祭祀？禅定？所有这些都已过去，所有这些都已不在我的道路上了。"

悉达多一动不动地站着，有那么一瞬间，在呼吸的间隙，他的心如坠冰窟，他觉得它在胸膛里被冻僵了，就像一只小动物——一只鸟或一只兔子。他看到自己是多么孤独。多年来，他一直四处漂泊，却不曾感觉到这一点。现在他感觉到了。即使在最深远的沉潜禅定中，他也仍是他父亲的儿子，是一个婆罗门，有很高的地位，是一位思想者。而现在，他只是悉达多，是个觉醒的人，此外什么也不是。他深吸一口气，有那么一瞬间，他僵

住了，不寒而栗。没有人像他这样孤独。没有一个贵族不属于贵族圈子，没有一个工匠不属于工匠群体，能在同类中找到归宿，分享他们的生活，说他们的语言。没有一个婆罗门不属于婆罗门的阶层，不与他们在一起生活，没有一个苦行僧不在沙门那里寻得庇护，甚至森林中与世隔绝的隐士也不是一个人，他也被归属感所包围，他也属于一个阶层，那里是他的故乡。戈文达已经成为一名僧人，上千名僧人都是他的兄弟，和他穿一样的衣服，和他有一样的信仰，和他说一样的语言。但他——悉达多，他属于哪里？他将分享谁的生活？他能说谁的语言？

从这一刻起，世界从他身边消失了，他像天上的孤星一样孑然独立。从这冷漠而绝望的时刻起，悉达多出现了，比以前更加自我、更加坚定。他感到：这是觉醒前的最后一丝战栗，是出生前的最后一次痉挛。很快他便再次迈开步子，迫不及待地疾速前行，不再回家，不再去找父亲，不再回头。

第二部分

献给我在日本的表弟
威尔海姆·冈德特[1]

1　威尔海姆·冈德特（Wilhelm Gundert，1880—1971）是一位东亚研究学者，主要致力于研究中国和日本的佛教文献。

迦摩拉

悉达多每走一步都会学到新的东西，因为世界发生了改变，而他的心也被陶醉了。他看到太阳从森林覆盖的群山上升起，又在遥远的棕榈滩落下。他看到夜空中星星整齐地排列着，而一弯新月像小船似的漂浮在深蓝之中。他看到树木、星星、动物、云彩、彩虹、岩石、野草、花朵、小溪、河流、清晨灌木丛中的露水、远处的高山苍白而泛青、鸟儿啼鸣、蜜蜂嗡嗡、稻田里拂过簌簌微风。这一切，千姿百态，五彩缤纷，从来都在那里，日月一直照耀大地，河流一直淙淙流淌，蜜蜂一直

嗡嗡飞舞。过去，这一切对悉达多来说都只是他眼前一层稍纵即逝、虚无缥缈的面纱，只需怀疑的一瞥，它们就注定要被思想穿透摧毁，因为它们并非本质，因为本质在不可见的彼岸。但现在，他被解放的双眼在此岸流连，它们看到并且认识到可见性，在这个世界寻觅故乡，而不寻求本质，不向往彼岸。世界何其美好，只要人们像这样不做探究地、简单地、孩子般地看待它。月亮与群星是美的，小溪与河岸是美的，森林与岩石、山羊和金龟子、花朵与蝴蝶是美的。像这样童稚地、清醒地、敞开心扉地、毫不犹疑地在世间行走，是多么美好、可爱啊。头顶的太阳格外炽烈，森林的浓荫格外清凉，溪流与池塘格外甘冽，南瓜和香蕉也格外香甜。白昼太短，黑夜也太短，每一个钟头都像海上的帆一样飞驰而过，而帆下是一艘载满宝藏与欢乐的船。悉达多看到一群猴子在高高的林穹中游荡，高高的树枝上传来它们狂野而贪婪的号歌。悉达多看见一头公羊追着母羊交配。他看到梭子鱼在芦苇荡里饥肠辘辘地打猎，成群的小鱼在它面前惊恐逃窜，扑腾着跃出水面，银光闪闪；急躁的猎

手搅起翻涌的旋涡，力量与激情的气息从中喷薄而出。

这一切从来如此，可他从没见过，他总是心不在焉。现在他全心投入，他属于这一切。光影流入了他的眸子，星月映入了他的心田。

在路上，悉达多也想起了他在祇园精舍所经历的一切，想起他在那里聆听神圣的佛陀的教诲，想起他与戈文达告别，想起他与世尊对话。他回想起自己对佛陀说过的话，回想起每一个字，他惊讶地意识到他那时所说的东西，当时的他并不真正懂得。他曾对乔达摩说：佛陀的珍宝和秘密并非教义，而是那不可言说、不可传授之物，是佛陀在证悟之时体验到的——这正是他现在要去体验的，正是他现在开始体验的东西。他现在必须体验自我。尽管他早就知道他的自我是阿特曼，它与梵一样具有相同的永恒本质。但他从未真正找到这个自我，因为他想用思想之网来捕捉它。如果自我不是身体，也不是感官的游戏，那么也不是思想，不是理智，不是习得的智慧，不是习得的从旧思想中得出结论并碰撞出新思想的艺术。不，思想的世界也仍然在此岸，如果一个

人为了培养思想与学问的偶然的自我，而抹杀了感官的偶然的自我，他就不能抵达任何目标。思想和感官都是漂亮的东西，而终极的意义隐藏在两者背后，两者都要倾听，都要运用，都不能轻视也不能高估，要从两者中聆听内心深处隐秘的声音。他只想争取这个声音命令他努力争取的东西，只想在这个声音建议他停留的地方停留。为什么当初乔达摩证悟的最关键时刻是坐在菩提树下？因为他听到了一个声音，一个发自他内心的声音，吩咐他在那棵树下休息。他没有选择苦修、祭祀、沐浴或祈祷，没有进食，没有饮水，没有睡觉也没做梦，而是服从了这个声音。像这样服从内心的声音而非外界的命令，像这样做好准备，就是好的，是必要的，其他一切都不必要。

夜晚，当悉达多睡在河边一位船夫的茅屋里时，他做了一个梦：戈文达站在他面前，穿着黄色的苦行僧袍子。戈文达看起来很悲伤，他悲伤地问："你为什么离开我？"于是他拥抱了戈文达，把他搂在怀里，把他拉到自己的胸前，亲吻他。那不再是戈文达，而是一个女

人。从这个女人的袍子里涌出一个丰满的乳房，悉达多俯在胸前吮吸乳汁，这乳房的乳汁甜美而浓烈。它尝起来有女人和男人、太阳和森林、动物和花朵、各种水果和各种欲望的味道。它令人陶醉，让人失去知觉——悉达多醒来时，苍白的河水在茅屋门前泛着粼粼波光，森林中传来猫头鹰的幽幽啼鸣，深沉而悠扬。

天亮后，悉达多请求茅屋的主人——那位船夫——送他过河。船夫用竹筏渡他过河，宽阔的河水在晨曦中闪着红光。

“这是一条美丽的河流。”悉达多对同伴说道。

“是啊，”船夫说，“一条非常美丽的河流，我爱它胜过一切。我常常聆听它的声音，常常凝视它的眼睛，我总是从它身上学到东西。人可以从一条河那里学到很多东西。”

“我感谢你，我的恩人，”登上对岸，悉达多说道。“我没有任何礼物可以送给你，亲爱的朋友，也付不出酬金。我是个无家可归的人，是一个婆罗门之子和一个沙门。”

“我看得很清楚，”船夫说，“我不期望从你那里得到任何酬劳、任何礼物。下一次你会给我带来礼物的。”

“你这么认为吗？”悉达多饶有兴致地问。

“当然。这也是我向河流学到的：一切都会回来！你也一样，沙门，你会回来的。那么，保重吧！愿你的友谊成为对我的酬谢。愿你向神灵献祭时能记得我。”

他们微笑着告别了彼此。悉达多微笑着，为船夫的友谊和善意感到高兴。“他就像戈文达，”他微笑着想到，“我在途中遇见的所有人都像戈文达。所有人都心怀感激，尽管他们自己有权获得别人的感谢。所有人都谦恭有礼，所有人都乐意交友，愿意顺从，很少思考。这些人都如孩子一般。”

正午时分，他经过了一个村庄。孩子们在泥屋前的巷子里打滚，玩着南瓜子和贝壳，叫嚷着，打闹着，但一碰到这位陌生的沙门就都羞怯地躲开了。村庄尽头处，道路穿过一条小溪，溪边跪着一个正在洗衣的年轻妇女。悉达多向她打招呼，她抬起头，微笑着看向他，于是悉达多看见了她眼眸中亮晶晶的神采。他按照旅途中的习

惯道祝福，并问她离大城市还有多远。她便站起来，走到他身边，丰润的嘴唇在她年轻的面庞上闪着动人的光泽。她开始和他调笑，问他是否吃过饭，问他沙门晚上是不是真的独自睡在森林里，不允许有女人陪伴。她把左脚踏在他的右脚上，做出一个女人邀请男人享受欢爱的动作，经书里称之为“爬树”。悉达多血脉偾张，想起了他的梦，他稍稍弯下腰，用嘴唇亲吻她胸前褐色的乳尖。他抬眼一看，见到她脸上满含欲望的微笑，见到她微微眯起来的眼睛里流露出的渴求。

悉达多也感到了渴望，感到了性爱源泉的涌流；但因为他以前还从未碰触过女人，在双手准备伸向她时，他犹豫了片刻。就在这一瞬间，他颤抖着听到了内心的声音，那声音说“不”。于是，所有魅力都从年轻女人的笑容中消失了，他看到的只是一个发情的雌性动物迷离的目光。他友好地抚摸了她的脸颊，转身离开，步履轻盈地消失在竹林中，消失在失望的女人眼前。

当天傍晚前，他抵达了一个大城市。他很高兴，因为他渴望与人亲近。他在森林里生活了很长时间，而船

夫的那间茅屋，是他很长时间以来睡过的第一个有屋顶的地方。

城外，在一个围着篱笆的漂亮林苑附近，这位流浪者遇见了一小群提着篮子的仆人和侍女。其间有一顶装饰华丽的轿子，由四人抬着，在它那色彩鲜艳的遮阳篷下，一位女子坐在大红坐垫上，正是女主人。悉达多停在这奢华的林苑门口，看着这一行人。他看见了仆人、侍女、篮子，看见了轿子，也看见了轿子里的女人。只见那高高绾起的黑发下，是一张非常明艳、娇美、聪颖的面庞，亮红的嘴唇如一枚新鲜剖开的无花果，眉毛精心修饰过，画成高挑的弧形，一双黑眸聪慧而机警，光洁修长的脖颈从金绿相间的外衣中微微露出，静静垂下的双手白皙而纤长，腕上戴着宽宽的金镯。

悉达多见她如此美丽，由衷欣喜。轿子靠近时，他深深鞠了一躬，然后又直起身来注视着那张明艳而白皙的脸，盯着她那双聪颖的大眼睛端详片刻，嗅到了一股从未闻过的芬芳。美人微笑颔首，不一会儿便在仆人的簇拥下消失在林苑中。

悉达多想：“我就要带着这好彩头进入这座城市了。”他真想立刻走进这林苑。但他回想一番，才恍然意识到仆人、侍女们在门口是如何打量他的，眼神多么轻蔑、多么怀疑、多么不屑。

“我仍是一位沙门，”他想，“我仍是一个苦行僧、一个乞丐。我不能像这样留下，不能这样走进林苑。”于是他笑了。

他向沿途而来的路人打听这座林苑和这个女人的名字，得知这是名妓迦摩拉的林苑。除了这座林苑，她在城里还有一座房子。

随后他进了城。他现在有了一个目标。

为了追求目标，他任由自己被这座城市吞噬，在小巷中游荡，在广场上伫立，在河边的石阶上休憩。临近傍晚，悉达多结识了一位理发店的伙计，看见他在拱门的阴影下工作，又见他在毗湿奴[1]庙里祈祷，于是给他讲

1　毗湿奴（Viṣṇu）为印度教三相神之一，是守护之神。

了毗湿奴和拉克什米[1]的故事。悉达多在河边的小船上睡了一夜。清晨，在第一批顾客到店之前，他让那位伙计给他刮了胡子，剪了头发，把头发梳好并抹了上好的头油。然后他便去河里沐浴。

下午，当美丽的迦摩拉乘着轿子来到她的林苑时，悉达多站在门口鞠躬致意并得到了名妓的回礼。他向走在队伍末尾的仆人招了招手，请他告诉女主人，有位年轻的婆罗门想和她谈谈。过了一会儿，仆人回来了，让等候的悉达多随他过去，然后默默把他带到一座亭子里。迦摩拉正倚在榻上，命悉达多单独留下说话。

“你不就是昨天站在外面问候我的人吗？”迦摩拉问。

“没错，我昨天就已经见过你并问候过你。”

“可你昨天不是还留着胡子，长长的头发上还满是尘土吗？”

“你很会观察，什么都看见了。你看见了悉达多，他是婆罗门之子，为了成为沙门背井离乡，随后他做了三

1　拉克什米（Lakṣmī）即吉祥天女，毗湿奴的妻子。

年沙门。但我如今离开了那条道路，来到这座城市。在进城之前，我遇见的第一个人就是你。我来找你，就是为了告诉你这些，哦，迦摩拉！你是第一个让我不需要垂着眼说话的女人。日后我遇见美丽的女人，也再不会垂着眼睛了。”

迦摩拉微笑着把玩她那柄孔雀羽毛制成的扇子，并问道：“悉达多来找我，就为了告诉我这些吗？”

“就为了告诉你这些，还要感谢你是如此美丽。还有，如果你不反对，迦摩拉，我想请你做我的朋友和老师，因为我对你所擅长的艺术还一无所知。”

迦摩拉大笑起来。

“从未发生过这样的事，朋友，一个沙门从森林里来到我身边，想要向我学习！从未发生过这样的事，一个沙门留着长长的头发，围着破旧的遮羞布来找我！许多年轻人来找我，其中不乏婆罗门之子，但他们都身着华美的衣裳，穿着精致的鞋子，头发散发着香味，口袋里有很多钱。瞧，沙门，这才是来找我的年轻人的模样。”

悉达多道：“我已经开始向你学习了。昨天我就在学

习了。我已经刮掉了胡须，梳理过头发，头发也抹了油。你这聪慧的人啊，我仍然缺少的不过是华美的衣裳、精致的鞋子和钱包里的钱罢了。要知道，悉达多曾经有过比这些小事更困难的目标，而他全都实现了。我一定会实现我昨天定下的目标：成为你的朋友，从你那里学到爱的欢愉！你会看到我学得很快，迦摩拉，我曾经学过比你将要教给我的学问更难的学问。现在，悉达多头发上抹了油，但他却没有衣服、没有鞋子、没有钱，这样不能让你满意是吗？”

迦摩拉笑道：“不能，小兄弟，的确不能。他必须有衣服，漂亮的衣服，还有鞋子，漂亮的鞋子，兜里还有很多钱，还有给迦摩拉的礼物。你现在知道了吗，森林里的沙门？你记住了吗？”

“我自然都记住了，”悉达多喊道，“我如何能不记得从这样的嘴里说出的话呢！你的嘴唇就像一枚新鲜剖开的无花果，迦摩拉。我的嘴唇也又红又嫩，和你的很般配，你会看到的。但请告诉我，美丽的迦摩拉，你一点也不害怕森林里的沙门来找你学习情爱吗？”

“我究竟为何要惧怕一个沙门，一个来自森林的愚蠢的沙门，一个从胡狼群中来甚至不知女人为何物的沙门？”

“哦，那个沙门很强壮，而且无所畏惧。他可能会强迫你，美丽的姑娘。他可能对你很粗暴。他可能会弄疼你。”

“不，沙门，我并不害怕这些。有哪个沙门或婆罗门曾害怕有人抓走他，抢走他的学问、他的虔诚和他的渊博呢？没有，因为这些都属于他自己，而他只将他想给的东西给予他想给的人。事实如此，迦摩拉如此，爱的喜悦亦如此。迦摩拉的嘴唇娇美而红润，但如果你想违背迦摩拉的意愿去亲吻它，就绝对无法从它那里尝到一丝甜味，而它原本懂得给予那么多甜蜜。你是好学之人，悉达多，也请你学会这一点：爱可以求来，可以买到，可被赠予，可在街巷拾得，唯独强抢不来。你想了个错误的办法。不，太可惜了，像你这般英俊的青年竟有这样错误的念头。”

悉达多微笑着鞠了一躬。“这很可惜，迦摩拉，你说

得非常对！这相当可惜！不，我不会错过你嘴里的任何一滴甜美，你也一样！就这样吧：悉达多会回来的，等他拥有了他缺少的东西——衣服、鞋子、钱财。但是，可爱的迦摩拉，你就不能给我一点建议吗？”

“一个建议？为什么不呢？谁会拒绝给一个从森林里的胡狼那儿来的、贫穷无知的沙门些许建议呢？”

“亲爱的迦摩拉，那就请告诉我，去哪里可以最快找到这三样东西呢？”

“朋友，很多人都想知道。你必须做你已经学会做的事，从而获得钱财、衣服和鞋子。一个穷人没有别的法子能弄到钱。你究竟会做什么？”

“我会思考。我会等待。我会斋戒。”

“没别的吗？”

“没有。噢不，我还会作诗。你愿意用一个吻换一首诗吗？”

“我愿意，如果我喜欢你的诗。是什么诗呢？”

悉达多思索片刻，吟诵道：

美人迦摩拉步入她阴凉的林苑。

林苑门口站着皮肤黝黑的沙门。

深深地，只因瞧见了那一朵莲，

他鞠躬，迦摩拉回以微笑致谢。

多美妙，青年想，比献身神灵，

更美妙的是献身美丽的迦摩拉。

迦摩拉大声鼓掌，把黄金手镯也碰得叮当作响。

“你的诗句真美，黝黑的沙门，真的，为它们给你一个吻，我没有任何损失。”

她用眼神示意他走近，他俯身把脸凑向她，嘴唇印在那如同新鲜剖开的无花果一般的嘴唇上。迦摩拉久久地吻着他，悉达多深感惊讶，她竟这样教他；她是多么聪慧啊，他感到她如何控制他、拒绝他、引诱他；他感到在这第一个吻后面，还有一长串精心安排、技巧纯熟的吻在等待着他，个个都不同。他保持站定，深深喘着气，在那一刻像个孩子一样，惊叹于眼前打开的知识和学问的宝库。

"你的诗句很美，"迦摩拉大声说，"如果我很富有，我会为它们支付你金币。但是，你很难用诗句赚到你所需要的那么多钱。因为如果想成为迦摩拉的朋友，你需要大量钱财。"

"你多么会亲吻啊，迦摩拉！"悉达多结结巴巴地说。

"是的，我很擅长这么做，这就是为什么我不缺衣服、鞋子、手镯和其他一切美丽的东西。但你能做什么呢？除了思考、斋戒、作诗，你就什么都不会了吗？"

"我还会唱祭祀歌曲，"悉达多道，"但我不想再唱了。我也会念咒语，但我也不想再念了。我读过经文——"

"停，"迦摩拉打断他，"你能读书？还会写字？"

"我当然会。好些人都会。"

"大多数人都不会。我也不会。好极了，你能读能写真是好极了。那些咒语可能也会有用。"

这时，有侍女跑进来，在女主人耳边低声禀报消息。

"有人来拜访我，"迦摩拉大声说，"快点出去，悉达多，不能让人看见你在这儿，记住了！我明天再见你。"

她吩咐侍女给这位虔诚的婆罗门一件白色的外衣。悉达多不知道发生了什么事，就被侍女拽着，绕道带至花园里的一间房子中。侍女赠给他一件外衣，把他领到灌木丛中，急切地告诫他尽快离开林苑，别被人看见。

他心满意足地照办了。住惯了森林的他悄无声息地溜出林苑，翻过树篱。他满意地回到城中，把衣服卷起夹在腋下。他站在一家旅客来往的客栈门口，沉默地讨要了食物，沉默地接过一块米糕。“也许就在明天，”他想，“我便不用再向任何人乞讨食物了。”

他心中顿时燃起一股骄傲的火焰。他不再是沙门，不应该再向人乞讨。他把米糕喂了狗，继续饿着肚子。

“在这个世界生活其实很简单，”悉达多想，“没什么困难。当我还是个沙门时，一切都很困难，费尽全力最后却徒劳无功。如今一切都很容易，像迦摩拉教我接吻一样容易。我需要衣服和钱，再无别的，这些都是近在眼前的小目标，不会让人辗转反侧。”

他早早打听到迦摩拉在城里的住处，第二天便去了那里。

“进展顺利。”她向他喊道，“迦摩斯瓦米正等着见你，他是这座城里最富有的商人。如果你讨他喜欢，就能从他那里得到一份差事。机灵点儿，黝黑的沙门。我已经命人告诉他你的情况了。对他友好些，他很有权力。但不要过于谦卑！我可不希望你变成他的仆人，你应该与他平起平坐，否则我不会对你满意。迦摩斯瓦米年齿渐高，开始变得懒散了。若能取悦他，他会把很多事情托付给你。”

悉达多笑着感谢她。她又得知他这两日都未进食，便差人送来面包和水果款待他。

“你很幸运，”她告别时说道，“一扇又一扇门正为你打开。这是怎么回事？你有什么魔力？”

悉达多道：“昨天我告诉过你，我懂得如何思考、如何等待、如何斋戒，可你认为这些没用。但它们其实有很多用处，迦摩拉，你会看到的。你会看到，森林里愚蠢的沙门学会了许多你们不会的本领。前天我还是个蓬头垢面的乞丐，昨天我已经吻过迦摩拉了，不久后我会成为一名商人，拥有金钱和其他所有那些你看重的

东西。”

“算是吧，”她承认，“可若是没有我，你会是什么样？如果我不帮你，你会怎样？”

“亲爱的迦摩拉，”悉达多挺直身子，说道，“我到林苑来找你，就迈出了第一步。我决心向这位最美丽的女人学习情爱。自从我做出决定的那一刻，我便知道自己会去实现它。我知道你会帮助我，从你在林苑门口看我的第一眼起，我就知道了。”

“可如果我不愿意呢？”

“你已经愿意了。瞧，迦摩拉，如果你把石头扔进水里，它会以最快的方式沉到水底。当悉达多有了目标、有了决心，就会这样。悉达多什么也不做，他只是等待、思考、斋戒，但他穿过了世间万物，就像石头穿过水一样，什么也不用做，一动也不动；他被牵引着，任自己沉落。他的目标将他吸引过去，因为他不允许任何与目标相悖的东西进入他的灵魂。这就是悉达多在沙门处学到的东西。这就是愚人口中的魔法，他们以为是恶魔所为。没什么是由恶魔造成的，世上没有恶魔。每个人都

有魔法，每个人都能实现目标，只要他们能够思考，只要他们能够等待，只要他们能够斋戒。”

迦摩拉认真倾听。她爱他的声音，她爱他的眼神。

“也许是这样，”她轻轻地说，“正如你所说，朋友。但也可能因为你是个英俊的男人，女人们喜欢你的眼神，所以你才碰上好运气。”

悉达多和她吻别。“但愿如此，我的老师。愿我的眼神永远让你喜欢，愿我在你这儿永远获得好运！”

在孩子般的俗人中间

悉达多去拜访商人迦摩斯瓦米，被带进了一座富丽堂皇的房子。仆人们领着他踏过珍贵的地毯进入了一个房间，命他在此等候屋主。

迦摩斯瓦米走进来，步伐敏捷，体态轻盈。他的头发已经花白，目光精明谨慎，嘴角显露出贪婪。主客二人友好地互相问候。

“有人告诉我，”迦摩斯瓦米开口道，“你是一个婆罗门，是位学者，但你想在商人那里谋份差事。难道你陷入了困境，婆罗门，所以要来找份差事？”

“不，”悉达多说道，“我没有陷入困境，也从未陷入困境。要知道，我从沙门那里来，我和他们一起生活了很长时间。”

“如果你从沙门那儿来，又怎么可能没有陷入困境？沙门不是一无所有吗？”

“我一无所有，”悉达多说，“如果这是你所谓的困境。我的确一无所有。但我是自愿的，所以我没有陷入困境。”

“既然你一无所有，你靠什么生活呢？”

“我从未思考过这个问题，先生。我在三年多的时间里一无所有，而我从未思考过自己应该靠什么生活。”

“所以你是靠别人的财产生活。”

“也许如此。商人也全靠别人的财产来生活。”

“说得好。但他并不从别人那里不劳而获，他用他的货物和他们交易。”

“看起来的确如此。每个人都在索取，每个人都在付出，这就是生活。”

“恕我直言，如果你一无所有，你能付给别人什么？”

“每个人都付出自己拥有的东西。士兵付出力量，商人付出货物，教师付出学问，农民付出稻米，渔民付出鱼虾。”

“很好。那么，现在，你要付出什么呢？你学到了什么？你能做什么？”

“我能思考。我能等待。我能斋戒。”

“就这些？”

“我相信，这就是一切！”

“那它们有何用处？例如斋戒，它有何用？”

“它非常好，先生。如果一个人没有饭吃，斋戒便是他所能做的最明智的事。举个例子，假如悉达多没有学会斋戒，他今天就必须随便找份差事，不论在你这里或是别人那里，因为饥饿会迫使他这样做。但悉达多可以静静等待，从不急躁，从不陷入困境，他可以长时间忍受饥饿，并付之一笑。因此，先生，斋戒极好。”

“你说得有理，沙门。稍等片刻。”

迦摩斯瓦米走出房间，带回了一个卷轴。他把卷轴递给客人，问道：“你能读懂这个吗？”

悉达多看着写有买卖合同的卷轴，随即开始朗读。

“好极了，”迦摩斯瓦米说，“那你能在这张纸上为我写几个字吗？”

他递给悉达多一张纸一支笔。悉达多书罢，把纸递还给他。

迦摩斯瓦米读道：“书写虽好，思考更佳；智慧虽好，忍耐更佳。”

“你写得极好，”商人称赞道，“我们还有很多事情可谈。我今天请你做我的客人，在这所房子里住下。”

悉达多道过谢，接受了邀请，自此便住在商人家中。有人为他送来衣服和鞋子，还有一个仆人每天为他准备洗澡水。每天有两顿丰盛的饭菜，但悉达多只吃一顿，既不吃肉也不喝酒。迦摩斯瓦米给他讲解自己的生意，向他展示货品和仓储，教他计算账目。悉达多学到了许多新知识，听得多，说得少。他谨记迦摩拉的嘱咐，从不对商人卑躬屈膝，迫使他平等地对待自己，甚至还高看自己一眼。迦摩斯瓦米小心翼翼地做生意，常常满怀激情；但悉达多把这一切视作游戏，他努力准确地掌握

游戏规则，却从不把游戏的内容放在心上。

他在迦摩斯瓦米家没住多久，便开始参与商人的生意。但每天，到了约定的时辰，他都会去拜访美人迦摩拉，穿着漂亮的衣服和精美的鞋子，没过多久还为她带去了礼物。她红润而聪敏的嘴唇教会了他很多。她柔软而细腻的双手教会了他很多。他在情爱方面还是个小男孩，很容易盲目地、贪得无厌地投入到欲望中去，像被卷入了无底洞。她则从头开始教他，告诉他一个人如果不给予别人乐趣，自己也就无法得到乐趣；告诉他每一种手势、每一次爱抚、每一次触碰、每一道目光、身体每一个最微小的部位都有其秘密，唤醒它们就能给知道秘密的人带来愉悦和幸福。她教导他，恋人在一场欢爱之后，如果没有互相称赞，没有感到自己既是征服者又是被征服者，便不许离开对方，这样他们任何一方都不会感到腻烦或乏味，也不会产生虐待或受虐的糟糕感觉。他与这位美丽而聪慧的艺术家一起度过了美妙的时光，成为她的学生、她的情人、她的朋友。他如今生活的价值和意义全在迦摩拉这里，而不在迦摩斯瓦米的生意上。

商人委托他写重要的信件和合同，并习惯在所有重要的事情上与他协商。他很快看出，悉达多对大米、羊毛、航运和贸易知之甚少，但运气却很好，而且悉达多比自己这个商人更加冷静平和，更会倾听陌生人的需求、洞察他们的想法。“这个婆罗门，”他对一个朋友说道，“不是一位真正的商人，也永远不会成为一位真正的商人；他的灵魂深处从未对商业产生热情。但他掌握了一种秘密，能让成功自动找上门来，也许是他福星高照，也许他会魔法，也许是他在沙门那里学到的东西。他似乎总把生意当游戏，从未完全投入其中，从未受制于它，他也从不害怕失败，从不担心损失。”

朋友建议商人：“把他替你做的那部分生意所得利润的三分之一分给他。但如果亏损，他也必须承担同样份额的损失。这样他就会更有热情。”

迦摩斯瓦米听从了建议。然而悉达多对此不甚在意。如果获得盈利，他便平静淡然地收下；如果亏损，他就笑着说：“哎呀，这下可糟了！”

事实上，他对生意漠不关心。某次他要去一个村子

里进购一大批稻谷。但当他到达时，稻谷已经被卖给了另一个商人。尽管如此，悉达多还是在那个村子里逗留了几天，招待农民，给他们的孩子送铜币，和他们一起庆祝婚礼，方才心满意足地结束了这次旅行。迦摩斯瓦米责备他没有立即返回，浪费了时间和金钱。悉达多回答："别再骂了，亲爱的朋友！骂人也不会有结果的。如果我造成了损失，就让我承担损失。我非常满意这次旅行。我认识了许多人，有个婆罗门成了我的朋友，孩子们骑在我的膝盖上，农民给我展示他们的田地，没人把我当成商人对待。"

"这一切都很美妙，"迦摩斯瓦米不情愿地嚷道，"但你实际上就是个商人，我是这么认为的！难道你只为自己享乐而去旅行吗？"

"当然，"悉达多笑着说，"我当然是为自己享乐而去旅行的，要不然呢？我认识了很多人，到过许多地方，我享受了人们的善意和信任，我收获了友谊。你瞧，亲爱的朋友，如果我是你，迦摩斯瓦米，我一旦发现购买受挫，就会愤怒而匆忙地赶回来，于是实实在在地损失

了时间和金钱。但我却在那里度过了美好的日子，学到了知识，享受了乐趣，我没有因为愤怒和匆忙而伤害自己或他人。如果我下次再去那里，也许是去采购晚熟的粮食，或者不管别的什么目的，友好的人们都会亲切而愉快地接待我，我也会庆幸自己当时没有表现出急躁和不快。就随它去吧，朋友，不要因责备而伤害自己！有朝一日，如果你发现这个悉达多让你得不偿失，那么只消一句话，悉达多自会离去。但在此之前，我们还是尽量让彼此都满意吧。”

商人迦摩斯瓦米曾徒劳地试图说服悉达多，说他全靠自己才有饭吃。悉达多靠自己吃饭，但更准确地说，他们都靠别人吃饭，靠所有人吃饭。悉达多从不过问迦摩斯瓦米的忧虑，而迦摩斯瓦米总有许多忧虑。如果一桩正在进行的生意面临失败的威胁，也许可能丢失了一批货物，也许有人欠他们债却无力偿还，迦摩斯瓦米从来无法说服他的伙伴，他这样唉声叹气、勃然大怒、紧皱眉头乃至彻夜难眠有什么用。有一次，迦摩斯瓦米提醒悉达多，他懂得的东西都是从自己这儿学到的，悉达

多回答说："最好别用这些话来取笑我！我从你那里学到了一筐鱼卖多少钱，借出的钱可以收多少利息。这些是你的学问。但我可没向你学习如何思考，高贵的迦摩斯瓦米，你最好试着从我这儿学会如何思考。"

的确，他的心思不在贸易上。做生意很好，他可以赚钱给迦摩拉，而且他赚的钱远比花的多。除此之外，悉达多只对人感到同情和好奇，这些人的生意、手艺、忧虑、欢乐和愚昧对他来说都曾像月亮一样陌生而遥远。尽管他很容易和所有人交谈，与所有人一起生活，向所有人学习，但他同时也强烈地意识到，有什么东西将他与其他人区隔开来，那便是他曾经的沙门生活。他看见人们像儿童或动物一样过活，令他既喜爱又鄙视。他看见他们辛勤劳作，看见他们为了那些在他眼中毫无价值的东西，为金钱，为一点点乐趣，为一点点荣誉而受苦、衰老，他看见他们互相指责、辱骂，他看见他们为了那些让沙门付之一笑的痛苦而叹息，并为了那些令沙门无动于衷的贫乏而煎熬。

他坦然接受这些人带给他的一切。他欢迎向他兜售

亚麻布的商人，欢迎前来贷款的债务人，欢迎整整一小时都在向他哭穷的乞丐，即便这乞丐的贫穷程度不及任何沙门的一半。他对待富有的外国商人和对待给他刮胡子的仆人，以及买香蕉时多赚他几个小钱的街头小贩都没什么区别。当迦摩斯瓦米来找他，或是抱怨自己的忧虑，或是因一桩生意责备他，悉达多便好奇而愉快地听着，对他感到惊讶，试图理解他，承认他不多不少刚好有点道理，然后转身离开，去见下一个需要他的人。许多人来到他面前，许多人来和他做生意，许多人想要欺骗他，许多人打听他的消息，许多人想得到他的怜悯，许多人愿意听他的建议。他给出建议，他表示怜悯，他给予馈赠，他情愿受点欺骗。这整个游戏以及所有人玩这个游戏的热情都令他全神贯注，正如他曾全神贯注地侍奉诸神和梵。

他时不时感觉到胸膛深处有个垂死的、微弱的声音，在轻声告诫、轻声抱怨，几不可闻。而后，他在某一个时刻意识到，他正在过一种奇怪的生活，他所做的一切只不过是游戏，他的确很愉悦，有时也感到快乐，但真

正的生活却已从他身边匆匆流去而不曾触及他。如同一个玩球的人，他也在玩他的生意，玩他周围的人，观察他们，拿他们取乐；而他的心、他存在的源泉，却不在这里。那源泉不知流到哪里去了，似乎离他很远，流着流着就看不见了，与他的生活再无干系。有几次，他被这样的想法吓坏了，希望自己也能满怀热情、全心全意地参与这些孩子气的日常行为，真正地生活，真正地行动，真正地享受，而非仅仅作为一个旁观者。不过，他总会回到美人迦摩拉身边，学习情爱的艺术，实践情欲的崇拜。此时，给予和索取比在任何地方都更能合二为一。他与她闲聊，向她学习，给她建议，听她忠告。她比当年的戈文达更了解他、更像他。

有一次他对她说："你和我一样，你和大多数人不同。你是迦摩拉，不是别人，在你内心深处有个静谧的所在、有个避难所，任何时候你都可以进入其中，如同回到家中。我也一样。很少有人有这样的能力，尽管每个人都有机会拥有。"

"不是每个人都聪明。"迦摩拉说。

“不，”悉达多道，“不是这个原因。迦摩斯瓦米和我一样聪明，但却没有心灵的庇护。其他那些只有孩子般心智的人倒是有。迦摩拉，绝大多数人好似一片落叶，在风中飘摇，晃悠着、翻卷着落到地上。但其他少数人像星星一样，沿着固定的轨道行进，没有风吹得到他们，他们心中有自己的准则和轨迹。在我认识的众多学者和沙门中，就有这样一个人，功德圆满，令我永生难忘。他便是世尊乔达摩、那位传道者。数千弟子日日聆听他的教诲，时时遵从他的戒律，但他们都只是落叶，他们没有自发的学问和准则。”

迦摩拉微笑着注视他。“你又在谈论他了，”她说，“你又有了沙门思维。”

悉达多沉默不语，他们又玩起了爱的游戏，玩起迦摩拉熟悉的三四十种不同的游戏之一。她的身体柔韧如美洲豹，又如猎人的弓；谁要是从她那里学会了爱情，便能了解诸多欢娱和奥秘。她久久地与悉达多玩耍，引诱他，拒绝他，强迫他，拥抱他：他娴熟的技巧令她喜悦，直到他被征服，筋疲力尽地躺在她身边休息。

名妓迦摩拉俯下身，久久地凝视着他的脸，凝视着他疲惫的眼睛。

“你是最优秀的情人，”她若有所思地说道，“在我见过的人里，你比别人更强壮、更柔韧、更主动。你把我的艺术学得很好，悉达多。有朝一日，等我再老些，我想和你生个孩子。但是，亲爱的，你依然是个沙门，你并不爱我，你不爱任何人。难道不是吗？”

“很可能如此，”悉达多疲惫地说道，“我和你一样。你也不爱——否则你怎能把爱当作一种艺术来练习呢？我们这样的人也许没有爱的能力。那些孩子般的俗人却有。这是他们的秘密。”

轮回

悉达多过了很久世俗享乐的生活，但他并不真正属于那里。他的感官曾被严酷的沙门生涯扼杀，如今又复苏了，他尝到了财富的滋味，尝到了欲望的滋味，尝到了权力的滋味。尽管如此，他内心深处仍一直是个沙门，聪明的迦摩拉看得很明白。仍旧是思考、等待、斋戒的艺术在指导他生活，尘世中那些孩子般的俗人对他来说依然陌生，正如他对他们来说也同样陌生。

岁月如驰，养尊处优的悉达多几乎察觉不到时间的流逝。他变得富有，早就拥有了自己的房屋和仆从，在

城外河边还有个园子。人们喜欢他，需要钱或建议时都会来拜访他，但没人和他亲近，除了迦摩拉。

在他风华正茂的青年时代，他听过乔达摩讲经；与戈文达分别后的日子里，他曾体验过那种崇高、透彻的清醒，那种紧张的期待，那种摆脱了一切教义和老师的傲然独立，那种准备遵从内心深处神圣声音的意愿，而这些都已逐渐成为短暂易逝的记忆；曾经很靠近他、在他心中奔流的神圣源泉，如今声音遥远而微弱。他从沙门那里、从乔达摩那里、从他的婆罗门父亲那里学到的许多东西，在他心里保留了很长时间：适度的生活，思考的愉悦，禅定的习惯，关于既非身体也非意识的、永恒的、自我的秘密知识。有一些他仍保留着，但大多接二连三地沉没了，被尘土所掩埋。正如陶轮一旦开始转动，就要继续转很长时间才会慢慢晃悠着停下，悉达多灵魂中的禁欲之轮、思想之轮、识辨之轮也继续转动了很长时间，仍在转动，但它转得很慢，摇摇晃晃，就要停下。慢慢地，正如潮气渗入垂死的树桩，慢慢地浸透它、腐坏它，世俗和惰性也渗入悉达多的灵魂，慢慢填

满他的灵魂，使它沉重，使它疲惫，使它昏睡。相反，他的感官却开始活跃，它们学到了很多，也经历了很多。

悉达多学会了做生意，学会了对人发号施令，学会了同女人寻欢作乐；他学会了穿漂亮衣服，使唤仆人，在芳香的水中沐浴。他学会了品尝精心烹饪的食物，包括鱼、肉和禽类，香料和甜食；他还学会了饮酒，在微醺中忘掉一切。他学会了掷骰子、玩棋盘、看舞女、乘轿子、睡软床。但他仍旧觉得自己与众不同、高人一等，他总是带着一丝嘲讽来打量世人，带着那种沙门对俗人一贯的蔑视。每当迦摩斯瓦米生病的时候、生气的时候、感到受辱的时候、被生意上的烦恼困扰的时候，悉达多总带着嘲讽的神色旁观。可是慢慢地、不知不觉地，随着收获的季节和雨季过去，他也疲于嘲讽，收敛起优越感。渐渐地，伴随着不断增长的财富，悉达多自己也染上了些孩子般的俗气，染上了他们的幼稚和怯懦。而且他还羡慕他们，越是像他们就越羡慕。他羡慕他们，因为他们有他所缺乏的东西，因为他们能够重视自己的生活，因为他们的快乐和恐惧充满激情，因为他们永恒的

迷恋带来了不安而又甜蜜的幸福。这些人总是迷恋自己，迷恋女人，迷恋孩子，迷恋荣誉或者金钱，迷恋计划或者希望。但他恰恰没有从他们那里学到这种孩子般的快乐和愚蠢；他从他们那里学到的恰恰是那些让他鄙视的、令人不快的东西。越来越经常出现这样的情况：在一个愉快的夜晚过后，他整个早晨都赖在床上，感觉沉闷而疲惫；如果迦摩斯瓦米的忧虑扰得他久久不能平静，他就会心生愤怒，烦躁不安；当他在赌博中失利时，会夸张地放声大笑。他看上去仍比别人更聪明、更有灵气，但他很少笑，那些富人的常见特征也一个接一个地出现在他脸上：不满、病态、易怒、懒惰、无情。渐渐地，他染上了富人的心理疾病。

疲惫如面纱、如薄雾一般，慢慢地笼罩住悉达多，它一天比一天厚实，一月比一月浑浊，一年比一年沉重。好比一件新衣服，在时光中变旧，在时光中褪去了鲜艳的颜色。它沾上了污渍，出现了褶皱，磨掉了下摆，到处都开始破损、抽丝，悉达多的新生活也正是如此，它始于他与戈文达的分别，如今也变旧了，随着岁月的流

逝失去了色彩和光泽，上面满是褶皱和污渍，隐匿于各个角落，处处都已开始显露出丑陋，失望和厌恶则等待爆发。悉达多并不曾注意到这些。他只注意到，他内心曾一度觉醒的声音，那曾在光辉岁月中指引他的响亮而笃定的声音，如今已变得沉默。

尘世俘虏了他，他沦陷于那些欲望、贪婪、懒惰，甚至还有他一直以来最鄙夷蔑视的、最愚蠢的恶习——贪婪。连资产、家业和财富也终于捕获了他，不再是他的游戏和装饰，而成为他的枷锁和负担。悉达多以一种蹊跷的方式陷入了这最后的、最可耻的境地，那便是赌博。自打他发自内心地认为自己不再是个沙门，悉达多就开始玩起了金钱和珍宝的赌博游戏。他原本只是微笑着漫不经心地参与这项俗人的活动，如今却越来越易怒而狂热。他是个令人生畏的赌徒，很少有人敢和他赌，因为他下的赌注如此之高、如此放肆。他出于内心的痛苦投身于这种游戏，赌博并挥霍可恶的钱财在他心中激起一股愤怒的喜悦，没有其他方式可以让他更清楚、更轻蔑地表达他对被商人奉为神明的财富的蔑视。于是，

他一掷千金、无所顾忌，他痛恨自己、嘲讽自己，成千上万地捞进来，成千上万地扔出去，赌掉金钱，赌掉珠宝，赌掉乡间别墅，再赢回来，再赌出去。他喜欢那种恐惧，那种可怕的、令人窒息的恐惧，在他掷骰子时、在他为高额赌注而焦灼时感到的恐惧；他爱这种恐惧，他不断体会新的恐惧，不断升级这种恐惧，不断寻求更强烈的刺激，因为只有在这种感受中，他才能尝到一丝类似幸福和兴奋的滋味，仿佛他那饱足的、温暾的、寡淡的生活得到了升华。

而每次大亏过后，他都会去寻找新的财富，都会更狂热地做生意、更严厉地逼债务人还款，因为他还想继续赌博，还想继续挥霍，还想继续彰显他对财富的蔑视。悉达多面对损失失去了冷静，面对欠债者失去了耐心，面对乞丐失去了怜悯，面对告贷者失去了赠款或借款的兴致。他在赌场一掷千金、放声大笑，在生意上却变得更加严苛而吝啬，甚至夜里有时都会梦见钱！他常常从这丑陋的梦魇中醒来，在卧室墙上的镜子里看见自己愈发苍老、愈发丑陋的面容，羞愧和厌恶席卷了他，于是

他继续逃亡，逃到新一轮赌博中，逃到欲望和酒精的迷醉中，再从那里回到聚敛钱财的冲动中。在这种毫无意义的轮回中，他变得疲惫、衰老、病态。

某天，一个梦警醒了他。晚间时分，他和迦摩拉待在她美丽的乐园里。他们坐在树下聊天，迦摩拉说了些引人深思的话，话语中隐隐露出悲伤和疲惫。她让他讲一讲乔达摩，讲他的目光多么纯净，他的嘴唇多么静美，他的微笑多么慈蔼，他的步态多么端庄，怎么听也听不够。他不得不一直向她讲述这位崇高的佛陀，而后迦摩拉叹了口气，说：“有一天，也许就在不久后，我也要追随这位佛陀。我将赠给他我的乐园，并皈依他的教义。”随后她却开始挑逗他，在痛苦而狂热的情爱游戏里紧紧搂住他，又是撕咬又是流泪，仿佛她想要再一次从这虚妄的、易逝的欢愉中榨取最后一滴甘露。悉达多从未如此清楚地认识到，情欲与死亡的关系是多么密切。然后他躺在她身边，迦摩拉的脸离他很近，在她的眼睛下面，在她的嘴角旁边，他从未如此清楚地读到一种令人不安的文字，一种由细密的线条和轻微的褶皱组成的

文字，一种让人联想到秋天和晚年的文字，悉达多自己也一样，他才四十多岁，就已经注意到他的一头黑发中处处夹杂着白发。迦摩拉美丽的面容写满了疲惫，一种走在漫长而并不通向快乐的道路上的疲惫，疲惫且开始枯萎；还有那隐秘的、没说出口的甚至不曾察觉的焦虑：对晚年的恐惧，对秋天的恐惧，对终有一死的恐惧。他叹息着向她告别，他的灵魂充满着不悦，充满着隐秘的忧虑。

随后悉达多在他的房子里和舞女们喝了一夜的酒，高高在上地对待与他同等地位的人，哪怕他已不再拥有这样的地位。他喝了很多酒，午夜后才回到他的住处，疲惫而又亢奋，徘徊在痛苦与绝望的边缘，辗转难眠。他的心中充满再也无法忍受的痛苦，充满几乎要洞穿他的厌恶，如同厌恶那些寡淡而令人作呕的酒、过分甜腻而乏味的音乐、过于柔媚的舞女的微笑，以及她们的头发和乳房散发出的过于香甜的气味。但更重要的是他对自己感到厌恶，厌恶自己芳香的头发，厌恶自己嘴里的酒味，厌恶自己松弛疲惫、兴味索然的面容。就像一个

人在暴饮暴食之后，在痛苦呕吐的同时也因为得到解脱而感到快乐，失眠者悉达多同样渴望在剧烈的恶心之中摆脱这些享乐、这些习惯、这整个毫无意义的生活以及他自己。直到晨光初现，屋前的街道上传来第一声喧哗，他才打了个盹，在那么短暂的一刻中寻得了半分昏沉、一丝睡意。在睡着的片刻，他做了一个梦：

> 迦摩拉有只小小的、罕见的歌鸟，养在金色的笼子里。他梦见了这只鸟。他梦见这只鸟不声不响，而它往常总在黎明时分歌唱。他注意到了这一点，便走到笼子前向内看去，发现小鸟已经死了，僵直地躺在笼底。他把它拿出来，在手里掂了掂，然后扔了出去，扔到巷子里，与此同时，他极度惊恐、心痛不已，仿佛他把一切价值与美好都同这只死鸟一起扔掉了。

他从梦中惊醒，感到一股深深的悲哀围绕着他。毫无价值，在他看来，他一直过着一种毫无价值、毫无意

义的生活；他手中没有留下任何生机勃勃的、令人回味的、值得保留的东西。他孤零零地站在那里，两手空空，像是刚上岸的船难幸存者。

悉达多沉着脸走进自己的花园，锁上大门，坐到一棵杧果树下，感受着心中的死亡和胸中的恐惧。他坐着感受它们如何在他体内死去、在他体内枯萎、在他体内终结。他逐渐汇集起他的思考，在脑海中回顾整个人生历程，从他有记忆的最初几天开始。他究竟何时体验过幸福、感受过真正的喜悦？哦，是的，他也曾经历过许多次。童年时他曾尝过它的滋味，当他赢得婆罗门的赞誉时，当他在背诵圣诗、与学者辩论、当祭祀助手方面都表现极佳，远超同龄人时，他从内心感受到了它："在你面前有一条路，那是你的使命，众神在等你。"同样，在青年时，当他不断追求更高的思想目标、从一大群志同道合的人中脱颖而出时，当他在痛苦中叩问梵的真谛时，当他获得的每一种知识都只会在他心中燃起新的焦渴时，他同样在焦渴中、在痛苦中感受到它："前进！前进！你受到了召唤！"当他背井离乡，选择过沙门的

生活时，他听到了这个声音；同样，当他离开沙门、拜访功德圆满的佛陀时，当他又离开佛陀、进入未知世界时，他都听到过这个声音。他有多久没听到这个声音了，他有多久没有登上高峰了，他的道路是如此平坦而又贫瘠，这么多年来，没有一个崇高的目标，没有渴求，没有提升，安于小小的快乐，却永远无法真正满足！这些年，连他自己都不知道，他一直努力渴望成为众多孩子般的俗人中的一员，然而他的生活却比他们更悲惨、更可怜，因为他们的目标不是他的目标，他们的烦恼也并非他的烦恼。这个尘世属于迦摩斯瓦米那一类人，但对他来说只是一场游戏、一场舞蹈表演、一场喜剧。只有迦摩拉曾经是他心爱的、珍贵的人——但她如今仍是吗？他还需要她吗，或者她需要他吗？他们不是在玩一场没有尽头的游戏吗？有必要为它而活吗？不，没有必要！这游戏名为轮回，它是孩子们的游戏，这个游戏也许值得玩一次、两次、十次——但还要无穷无尽地玩下去吗？

这时，悉达多知道游戏结束了，他不能再玩下去了。

一阵战栗传遍全身，他感到自己体内的某种东西已经死亡。

那一整天他都坐在杧果树下，回忆他的父亲，回忆戈文达，回忆乔达摩。难道他不得不离开他们，就为了成为一名像迦摩斯瓦米那样的人吗？夜幕降临时，他还坐着。他仰望星空，心想：“我正坐在我的杧果树下，在我的花园里。”他微微一笑——他拥有一棵杧果树，拥有一座花园，这真的有必要吗？这是正确的吗？这难道不是一场愚蠢的游戏吗？

就连这也该做个了断，这些也在他心中死去。他站起身，向杧果树告别，向花园告别。由于一整天都没吃东西，他感到异常饥饿，想起了他在城里的房子，想起了他的房间和床，想起了桌上的菜肴。他疲惫地笑了笑，摇摇头，向这些东西告别。

当天夜里，悉达多离开了他的花园，离开了这座城市，再也没有回来。迦摩斯瓦米以为他落入强盗之手，派人找了他很久。迦摩拉没有派人去找他。当她听说悉达多失踪时并不感到惊讶。难道她不是一直对此有所期

待吗？难道他不是一个沙门、一个流浪汉、一个朝圣者吗？在他们最后一次相聚时，她的这种感受最为强烈，她在失去的痛苦中也感到了欣喜，她最后一次将他紧紧地贴近自己的心房，并再一次感到彻底被他占有、被他穿透。

在第一次听说悉达多失踪的消息时，她走到窗前，那里有一只养在金色笼子里的罕见歌鸟。她打开笼门，捉出鸟儿，将其放飞。她良久注视着这只飞翔的小鸟。自那日起，她不再接待任何访客，并将她的房子锁了起来。但一段时间后，她意识到自己在与悉达多的最后一次交合中怀孕了。

在河边

悉达多在森林里游荡，已经远离了那座城市。他一无所知，只知道他不会再回去了，他多年来过的那种生活已经一去不返，他尝够了那种滋味，如今只剩厌恶。他梦里那只歌鸟已经死去。他心中那只鸟儿也死去了。他深陷轮回之中，像海绵吸水一般，将四面八方的厌恶和死亡都吸入体内，直至吸满。他心中充满厌倦、充满痛苦、充满死亡，世间已经没有任何东西能够吸引他、取悦他、安慰他了。

他渴望从此对自己一无所知，渴望得到安宁，渴望

死亡。但求一道闪电劈死他！但求一头猛虎吞掉他！但求一杯酒，一杯毒酒，让他昏沉麻木，忘记一切，长眠不醒！还有什么污秽是他不曾沾染的？还有什么罪孽和愚蠢是他不曾犯下的？还有哪片灵魂的荒原是他不曾踏足的？他还能活下去吗？他还能一次又一次地吸气、呼气，感到饥饿，再吃，再睡，再和女人躺到一起吗？这种轮回对他来说不是已经耗尽了、结束了吗？

悉达多走到森林中的一条大河边上，这正是当年船夫带他渡过的那条河，那时他还是位年轻人，刚从乔达摩的城市来到此地。他在这条河边停下，犹豫地站在岸边。疲劳和饥饿使他虚弱不堪，他究竟为何要继续前进？去往哪里？有何目标？不，再没有什么目标，只剩下深深的、痛苦的渴望，渴望摆脱这整个荒凉的梦，吐出这陈腐的酒，结束这悲惨可耻的生活。

河岸上一棵椰子树弯曲着伸向水面，悉达多将肩膀倚在树干上，手臂抱住树干，俯身望向绿水，看它在他身下不停地流啊流啊。他往下看，发觉心中充满了这样的愿望：放开双手，沉入水底。河水映出了一种令人颤

抖的空虚，和他灵魂中可怕的空虚两相呼应。是啊，他已经走到了尽头。对他来说，唯一可做的就是自我毁灭，砸烂他失败的人生的空壳，扔掉它，扔在狂喜的神灵脚下。这便是他所渴望的伟大的呕吐：死亡，砸碎他所憎恨的形体！但愿鱼吃掉他，吃掉悉达多这个疯子，这具堕落的、腐烂的躯体，这个萎缩的、被糟蹋了的灵魂！但愿鱼和鳄鱼吃掉他，但愿恶魔将他撕成碎片！

他面孔扭曲地盯着河面，见水中倒映着他的脸，朝它吐了口唾沫。在深深的疲惫中，他松开了抱在树干上的手臂，微微转身，好让自己垂直跌落，好让自己最终沉入水中。他倒下去，闭着眼，坠向死亡。

这时，从他灵魂的偏僻角落里、从他颓废人生的过往中传来了一个声音。那是一个词，一个音节，他不假思索便喃喃地念出了它，它是所有婆罗门祷词中作为开头和结尾的古老音节，是神圣的“唵”，意味着“完美无缺”或“功德圆满”。就在那一刹那，当“唵”的声音触及悉达多的耳朵，他沉睡的心灵突然苏醒，意识到自己行为很愚蠢。

悉达多深感惊恐。这便是他的处境，他是如此失败、如此迷茫，被一切知识所抛弃，以至于他竟能自寻短见，以至于这种愚昧、幼稚的愿望竟能在他身上生长：妄图通过毁灭肉身来寻求安宁！在最后这段时间里，所有折磨、所有幻灭、所有绝望都没能实现的东西，却在“唵”闯进他意识的一瞬间实现了：他在他的苦难和癫狂中认识了自己。

“唵！”他对自己说，“唵！”他重新想起了梵，想起了生命坚不可摧，想起了他曾忘记的一切神圣的东西。

但这只在一瞬间、一刹那。悉达多跌落在椰子树脚下，因疲惫而跪倒在地，喃喃念着“唵”，把头枕在树根上，沉沉睡去。

他睡得很沉，没有做梦，他已经很久不曾体会过这样的睡眠了。几个小时后他醒来，仿佛已过去了十年，他听见了轻柔的流水声，不知自己身在何处，也不知是谁把他带到这里。他睁开眼，惊讶地看着头顶的树木和天空，回想自己身在何处，又是如何来到这里的。为此他想了很久，往事对他来说仿佛盖着一层面纱，无限久

远，无限遥远，无限冷漠。他只知道他从前的生活（在他刚开始思考时，从前的生活对他来说就像一个远远落在身后的往日的化身，像是他如今这个自我的前世生命）；他只知道从前的生活已经被他抛弃，他的内心充满厌恶和痛苦，甚至想要放弃生命；知道他在一条河边，在一棵椰子树下，突然回过神来，嘴里念着神圣的“唵”字酣然入睡，而如今醒过来，正作为一个全新的人看着这个世界。他对自己轻声念着“唵”字，这个字曾使他入眠，而这漫长的一觉对他来说不过是久久地、全神贯注地默诵着“唵”，思考着“唵”，浸入并彻底融入了“唵”，融入那无名之境、圆满之境。

这是一次多么奇妙的睡眠啊！从未有哪一次睡眠能让他如此神清气爽、焕然一新、重获青春！或许他真的死去了，沉入了水中而又以全新的面貌重生了？并非如此，他认得自己，认得自己的手和脚，认得自己躺着的地方，认得自己胸膛里的这个自我，这个悉达多，这个固执己见的人，这个古怪的人。可这个悉达多还是变了，获得了新生，他莫名其妙地睡过去，又莫名其妙地醒来，

变得快乐而好奇。

悉达多直起身，发现对面坐着一个人。这个陌生男子是个身着黄色僧衣、剃着光头的和尚，正在打坐沉思。悉达多注视着这个既无头发也无胡须之人，没过多久，便认出这位僧人就是他年轻时的朋友戈文达，就是曾皈依世尊佛陀的戈文达。戈文达老了，他也老了，但他的脸上仍然带着旧日的特征，那便是热忱、忠诚、探求和恭谨。但是当戈文达感受到他的目光，睁开眼睛看着他时，悉达多发现戈文达并没有认出他。戈文达见他醒了十分高兴，显然他为了等他醒来在这里坐了很久，即便他并没有认出他。

“我睡着了，”悉达多道，“你怎么到这儿来了？”

“你睡着了，”戈文达答道，“在这种地方睡觉很不好，这里经常有蛇出没，森林里的野兽也时常路过。哦，先生，我是世尊乔达摩、佛陀释迦牟尼的弟子，正与同伴们一道去朝圣。我看见你躺在这个危险的地方睡觉，于是试图叫醒你，哦，先生，我发现你睡得很沉，所以就离队留了下来，坐在你身边。再后来，我自己似乎也

睡着了，我原本想在你睡觉时守护你。我失职了，疲惫战胜了我。但现在，既然你已经醒了，请允许我离开，这样我就能追上我的兄弟们了。”

悉达多说：“我感谢你，沙门，多谢你守护我睡觉。”又道，“你们这些世尊的弟子很友好。你现在可以走了。”

“我走了，先生。愿先生永远健康。”

“谢谢你，沙门。”

戈文达做了个告别的手势，说道：“保重。”

“保重。戈文达。”悉达多道。

僧人驻足。

“请允许我问，先生，你怎会知道我的名字？”

悉达多微微一笑。

“我认识你，哦，戈文达，在你父亲的小屋里，在婆罗门学校里，在祭祀时，在我们去找沙门的途中，还有你在祇园精舍皈依世尊那个时刻。”

“你是悉达多！”戈文达大声喊道，“现在我认出你了，我简直不知道为什么没能马上认出你。欢迎你，悉达多，我很高兴再次见到你。”

“我也很高兴能再见到你。我再次感谢你在我睡觉时守护我，虽然我不需要守卫。朋友啊，你要去哪里？”

“我哪儿也不去。只要不是雨季，我们僧人就总在路上，总是从一处迁到另一处，依照规则生活，宣扬教义，接受施舍，再继续迁徙，总是如此。但你，悉达多，你要去哪里？”

悉达多说道：“我的情况也是如此，朋友，和你一样。我不去任何地方。我只是在路上。我在朝圣。”

戈文达道：“你说你在朝圣，我相信你。但请原谅我，哦，悉达多，你看起来并不像一位朝圣者。你身穿富人的衣服，脚蹬贵族的鞋子，就连你的头发也散发着芬芳的香水味。这绝非朝圣者的头发，绝非沙门的头发。”

“没错，亲爱的朋友，你很会观察，你敏锐的眼睛洞悉一切。但我并没有告诉你，我是一个沙门。我说的是，我是一个朝圣者。而且事实如此：我在朝圣。”

“你在朝圣，”戈文达说，“但很少有人会穿着这样的衣服、这样的鞋子、顶着这样的头发去朝圣。我多年来

一直在朝圣，还从没遇到过这样的朝圣者。”

“我相信你，我的戈文达。可现在，今天，你就碰见了这样一位朝圣者，穿着这样的鞋子，穿着这样的衣服。你记住，亲爱的朋友：形貌的世界转瞬即逝，而最易逝的便是我们的衣裳、我们的发型，以及我们的头发和身体本身。你没看错，我穿着富人的衣服。我穿着它们，是因为我曾经是个富人；我留着和俗人、纨绔一样的头发，是因为我曾经也是他们中的一员。”

“那现在，悉达多，你现在是什么人？”

“我不知道，我知道的和你一样少。我在路上。我曾经是个富人，现在不是了；而明天我将成为什么人，我不知道。”

“你失去了你的财富？”

“我失去了它，或者说它失去了我。它已经离我而去。众相之轮转得飞快，戈文达。婆罗门悉达多哪里去了？沙门悉达多哪里去了？富人悉达多哪里去了？世事无常、瞬息万变，戈文达，你知道的。”

戈文达久久注视着他年轻时的朋友，眼里充满疑惑。

然后他像告别贵族那样向他告别，继续赶路。

悉达多面带微笑望着他的背影。他依然爱这个忠诚、恭谨的人。此时此刻，在他美妙睡眠之后的神圣时刻，在“唵”的熏陶下，他怎么会不爱任何人、任何东西？就连这也包含着魔力，他在睡眠中、在“唵”中感受到的魔力：他爱一切，他对目光所及的一切都充满了欢喜的爱意。正因如此，他现在才发觉，他以前一直病得那么重，使得他无法爱上任何事、任何人。

悉达多面带微笑目送僧人离去。睡眠使他精力充沛，但他饱受饥饿折磨，因为他已两天不曾进食，而距离他当初能够忍饥挨饿的日子已经过了太久。他忧伤地回想起那段时光，不禁自嘲一笑。他记得自己当初向迦摩拉夸耀过三件事，说他掌握了三种不可战胜的高尚技艺——斋戒、等待、思考。这是他的财富、他的权力与力量、他结实的手杖。他在年轻时勤奋而艰苦的岁月里习得了这三种技艺，再无其他。而如今它们抛弃了他，没有一个仍属于他，他不再斋戒、不再等待、不再思考。他为那些最可悲、最短暂的感官愉悦、享乐、财富而放弃了

它们！他的确做了如此古怪之事。而现在，他似乎真的变成了一个孩子般的俗人。

悉达多思考着自己的处境。思考把他难住了，他其实全无兴致，但他强迫自己这么做。

事已至此，他想，既然这一切易逝之物已再次从我身边溜走，如今我又站在太阳底下，和我当初还是小孩子时一样，什么也不拥有，什么也不能做，什么也不会做，什么也没学过。这多么奇妙啊！如今我已不再年轻，我的头发已经花白，我的力量正在衰退，但如今我又从头来过，从儿时开始！他不禁又笑了。没错，他的命运真是太古怪！他一直在走下坡路，于是现在他再一次空白、赤裸、愚蠢地站在这世上。但他并不为此感到悲哀，不，他甚至很想大笑，笑自己，笑这荒诞而愚蠢的世界。

“你在走下坡路啊！”他自言自语，继而大笑。当他说这话时，目光落在河面上，他看见河水也在往低处流，一直不停地往低处流淌，欢快地唱着歌。这让他很高兴，他对着河水亲切地笑了笑。这不就是他曾经想要投河自尽的那条河吗？那是一百年前的事，还是他做的梦？

我的人生果然奇特，他想，绕了那么多奇怪的弯路。孩提时代，我只与神灵和祭祀打交道。青年时代，我只与苦行、思考和禅定打交道，一直在寻找梵，一直崇拜阿特曼中的永恒。年纪轻轻的我追随沙门忏悔者，住在森林里，忍受酷暑与寒冬，学会忍受饥饿，学着毁去肉身。再然后，伟大佛陀的教诲令我豁然开朗，我感到有关万法归一的知识犹如自身血液，在我的体内循环。可我仍不得不离开佛陀和他伟大的智慧，继续前行。我去向迦摩拉学习爱欲，向迦摩斯瓦米学习贸易，聚敛钱财、挥霍钱财，学着娇惯我的肠胃、讨好我的感官。就这么过了很多年，我失去了精神，荒废了思考，忘记了归一。难道我不是绕了许多弯路，慢慢地从大人变回了孩童，从思考者变成了孩子般的俗人吗？但这条道路曾经很美好，我胸中的鸟儿也仍未死亡。可这是一条怎样的路啊！我不得不变得如此愚蠢，染上诸多恶习，犯下种种错误，忍受百般厌恶、失望和痛苦，仅仅为了重新成为孩童，为了能重新开始。但这是正确的，我的内心表示赞成，我的眼睛致以微笑。我不得不经历绝望，我不得不堕落

到产生最愚蠢的想法——自杀，只为能得到宽恕，能再次听到“唵”的声音，能再次好好入睡、好好醒来。为了重新找到我体内的阿特曼，我必须成为一个愚人。为了能重新生活，我不得不犯下罪孽。我的道路还将把我带往哪里？这条路颇为愚蠢，总是绕来绕去，兴许是在原地打转。管它呢，随它去吧，我就要走这条路。

他奇妙地感到胸中涌动着一阵喜悦。

那么，他扪心自问，这种喜悦来自何方？或许它来自那场对我大有好处的漫长的酣睡？或者来自我所念诵的“唵”字？又或者由于我已经逃离，我已经成功出逃，我终于重获自由，像个孩子似的站在天空下？噢，多么美妙啊，这种逃离的感觉，这种自由的感觉！这里的空气多么纯净甜美，多么适宜呼吸！而我所逃离的那个地方，到处都弥漫着香膏、香料、美酒、奢靡、懒惰的味道。我多么痛恨那个富豪、饕餮和赌徒的世界！我多么痛恨我自己，竟在那个可怕的世界逗留了这么久！我多么痛恨我自己，竟洗劫自己、毒害自己、折磨自己，让自己变得又老又坏！不，我再也不会像从前那样天真地

幻想悉达多是有智慧的人！但有一点我做得很好，让我很喜欢，值得我赞美，那便是我如今终于结束了对自己的憎恨，结束了那愚蠢而沉闷的生活！我赞美你，悉达多，在愚昧了这么多年之后，你终于又有了一个主意，终于付出了行动，终于听到了你心中那只鸟儿的歌唱，并且追随着它！

他就这样赞美自己，为自己感到欣喜，好奇地倾听自己肚子里发出的声音，它饿得咕咕直叫。他如今感受到，在最近这段时日里，他曾一点一点将苦难和艰辛尽数尝过又尽数呕出，直到将绝望与死亡咽下。这很好。他原本可能会在迦摩斯瓦米那里停留更长时间，挣钱、挥霍，撑饱他的肚子却渴死他的灵魂；他原本可能会在那个绵软舒适的地狱里生活更长时间，若非这一刻到来：这彻底绝望、彻底死心的时刻，这悬身滚滚大河之上、准备自我毁灭的极端时刻。他感到绝望，感到最深的厌恶，但却并未屈服于它；那只鸟、那欢乐的源泉和声音仍在他心中充满生机。他为此感到欣喜，为此而欢笑，他的脸在花白的头发底下容光焕发。

“这很好，”他想，“亲身品尝自己需要知道的一切。我还是个孩子时就学到过，世俗欲望和财富都不是好东西。我早就知道，但直到如今才有所体会。现在我理解了，不仅通过背诵，更通过我的眼睛、我的心、我的胃。能够领会是我的幸运！”

他久久思索着自己的转变，倾听那鸟儿欢快地歌唱。这只鸟不是已经在他心中死去，他不是感知到它的死亡了吗？不，是他心中别的东西死了，一种早就渴望死亡的东西。那难道不正是他在热切忏悔的岁月里曾经想要杀死的东西吗？那难道不正是他的自我，他渺小、不安而又骄傲的自我吗？不正是他多年来与之争斗的自我，是总能战胜他的自我，是每次被杀灭之后都会复活的自我，是禁绝欢乐、带来恐惧的自我吗？不正是今天终于在这条可爱的河边的这片森林里死亡的东西吗？不正是因为它死了，他现在才像孩子似的，如此信心满满、无所畏惧、充满喜悦吗？

悉达多现在也领悟到，为什么当初作为婆罗门、作为忏悔者的他与这个自我的斗争总是徒劳无功。太多知

识、太多神圣的经文、太多祭祀的规则、太多的苦修、太多行动和追求阻碍了他！他曾志得意满，总是最聪慧、最热切的那一个，总是比所有人都快一步，总是博学而善思，总是扮演僧人或智者。他的自我已经潜伏进他的僧人身份、他的傲慢、他的灵性之中躲藏起来，牢牢地坐在那里，不停生长，而他还以为能够通过斋戒和忏悔来杀死它。现在他已经认清，知道那个隐秘的声音是正确的：没有任何老师能拯救他。因此他不得不走入尘世，在欲望和权力中、在女人和金钱中迷失自己，成为一个商人、赌徒、酒鬼、财迷，直到僧人和沙门在他心中死去。因此，他不得不继续忍受那些丑陋的岁月，忍受厌恶，忍受沉闷而迷茫的生活带来的空虚与徒劳。直到最后，直到陷入苦涩的绝望，直到好色的悉达多、贪财的悉达多也都死去。他已经死了，一个全新的悉达多从梦中醒来。他也会变老，他也会有死亡的一天，悉达多只是昙花一现，世间万象都是昙花一现。可他今天还年轻，还是个孩子，是全新的悉达多，内心充满了喜悦。

他这样思索着，微笑着聆听自己的肚子饿得咕咕直

叫，心怀感激地聆听蜜蜂嗡嗡飞过。他平静地凝视着奔涌的河水，从来没有哪条河流像它这般令他喜爱，他也从未发觉流动的河水有这般宏大而美妙的声音和含义。他觉得这条河仿佛在向他诉说一些特别的东西，一些他还不知道的东西，一些还在等待他的东西。悉达多曾经打算在此投河自尽。如今，那个衰老、疲惫、绝望的悉达多已经溺毙在这条河里了。而这位全新的悉达多则深深眷恋着这条奔涌的河流，于是他决定不要那么快离开它。

船夫

我要留在这条河边，悉达多想，这就是我曾经渡过的那条河，当年我正投向那条孩子般的俗人的路上。那天是一个友好的船夫渡我过的河，我要去找他。从他的茅屋出发，我的路曾经引导我走向一种新的生活，而现在，那种生活业已衰亡——但愿我现在的道路、我如今的新生活也能从那里开始！

他怀着柔情凝视着奔流的河水，凝视着它清澈的碧波，凝视着水面神秘的图案上晶莹的波纹。他看见透亮的珍珠从深处升起，静止的气泡漂浮于明镜般的水面，

蓝天倒映水中。河流用千万只眼睛注视着他，碧绿的、洁白的、晶莹的、湛蓝的。他多么爱这条河，它多么令他愉悦，他多么感激它啊！他听见心里有一个声音，一个刚刚觉醒的声音，对他说："爱这条河！留在它的身边！向它学习！"哦，是的，他想向它学习、想聆听它的教诲。在他看来，谁若是理解了这条河和它的秘密，谁就能理解其他许多事情、许多秘密、所有秘密。

但今天他只看见了河流的一个奥秘，这个奥秘紧紧攫住了他的灵魂。他看到：河水流啊流，一直不停地流，可它依旧在那里，从来都一模一样，却又每时每刻都在更新！噢，何人领会，何人能解！他不理解也不领会，只是感觉它唤起了某种朦胧的预感、遥远的记忆、神圣的声音。

悉达多站起身，身体的饥饿变得难以忍受。于是他沿着河岸继续前行，逆流而上，细听流水声，细听体内饥肠辘辘的声音。

他抵达了渡口，渡口依旧停泊着当年那条船，当年摆渡过年轻沙门的船夫站在船上。悉达多认出了他，他

也老了很多。

“你能渡我过河吗？”他问。

船夫见这样一位贵人竟独自步行，颇为惊讶，便把他带进船里，撑船离岸。

“你选择了一种美妙的生活，”这位客人说道，“终日生活于这条河边，行船河上，一定很美好。”

船夫微笑着摇摇头说：“这的确美好，先生，正如你所说。但每一种生活、每一份工作不都是美好的吗？”

“很有可能。但我还是羡慕你的。”

“啊，你一定很快就会对它失去兴趣。这可不是衣着华丽的贵人做得了的。”

悉达多笑道：“我今天已经因为这身衣裳被人打量、怀疑过一次了。船夫，这身衣服成了我的累赘，你愿不愿意从我手里接过它？要知道，我已经没钱支付渡船的费用了。”

“先生在开玩笑吧。”船夫笑着说。

“我没开玩笑，朋友。瞧，你曾用你的船带我渡过一次河，分文未取。今天也这么做吧，不过作为补偿，请

收下我的衣服。”

“难道先生想要不穿衣服继续赶路？”

“啊，我宁愿不要再赶路了。船夫哟，最好你能给我一条旧围裙，把我留在身边做你的助手，准确地说是做你的学徒，因为我首先还得学习撑船。”

船夫久久端详着这位陌生人，在记忆里搜寻。

“现在我认出你了，”他终于说道，“你曾经睡在我的小屋里，在很久以前，也许是二十多年前了。我带你过了河，我们像好朋友一样互相道别。你不是个沙门吗？我想不起你的名字了。”

“我叫悉达多，你上次见到我时，我是一个沙门。”

“那么欢迎你，悉达多。我叫瓦苏德瓦。我希望你今天还做我的客人，睡在我的小屋里，并给我讲讲你从何处来，你的华服为何成了你的累赘。”

他们已经驶到河的中央，瓦苏德瓦更加用力地划桨，迎着逆流划向对岸。他目视船头，平静有力地划着。悉达多坐在船里注视着他，想起他沙门生涯的最后一天，心中就曾涌起过对此人的喜爱。他感激地接受了瓦苏德

瓦的邀请。靠岸后，悉达多帮忙把船系在木桩上，随后船夫请他进入小屋，给他提供面包和水。悉达多吃得津津有味，还开心地吃了瓦苏德瓦给他的杧果。

已是日落时分，他们坐在岸边的树桩上，悉达多向船夫讲述他的身世和他的生活，讲述他今天在那些绝望的时刻亲眼见到的一切。他的故事一直讲到了深夜。

瓦苏德瓦聚精会神地听着。他把听到的一切记在心里：他的出身和童年，所有的学习，所有的探索，所有的快乐，所有的苦难。这是船夫最伟大的美德之一——很少有人像他一样懂得倾听。即便瓦苏德瓦一言不发，讲述者也能感觉到他把自己的话听在心里，沉静地、坦率地、期盼地，没错过任何细节，没有一丝不耐烦，不加赞美或指责，只是倾听。悉达多觉得，能向这样的听众坦白自陈，把自己的生活、自己的追求、自己的痛苦都埋藏在他的心里，真是一种幸福。

而当悉达多的故事接近尾声，当他讲到河边的树、讲到他的坠落、讲到神圣的“唵”、讲到他如何在沉睡后对河水产生了这般眷恋，船夫更是加倍专心、全神贯

注地听着，闭上了眼睛。

说完，悉达多沉默了，两人沉默良久，瓦苏德瓦才开口道："这和我想的一样。河流对你说话了。它也把你当作朋友，也对你说话。这很好，非常好。留下来吧，悉达多，我的朋友。我曾经有一位妻子，她的床就在我的床旁边，但她很早就去世了，我独自生活了很久。如今你就和我一起住吧，这里有足够我们两人生活的房间和食物。"

"我感谢你，"悉达多道，"我感谢你并且接受邀请。我还要感谢你，瓦苏德瓦，感谢你如此认真地听我说话！世上懂得倾听的人极少。我还从没遇见过像你这样懂得倾听的人。这一点我也要向你学习。"

"你会学到的，"瓦苏德瓦说，"但不是从我这里。是河流教会我如何倾听，你也将从它那里学到。它知道一切，这条河，人们可以从它那里学到一切。瞧，你已经从河里学到了努力向下、沉下去、朝深处探索的益处。富裕高贵的悉达多要替人划桨，博学的婆罗门悉达多要当个船夫，这也是河流告诉你的。你还将从它那里学到

其他东西。”

悉达多停顿良久，方问：“还有什么，瓦苏德瓦？”

瓦苏德瓦站起身。“天色已晚，”他说，“我们去睡觉吧。我不能告诉你还有什么，哦，朋友。你会学到的，或许你已经知道了。瞧，我不是学问人，不善于表达，也不擅长思考。我只懂得倾听，只知道虔诚，别的什么都没学会。要是我能说会道，兴许是一位智者，但现在我只是个船夫，我的任务就是渡人过河。我摆渡了很多人，成千上万的人，对他们来说，这条河流不过是他们旅途中的一个障碍。他们出门去赚钱、去做生意、去参加婚礼、去朝圣，而这条河挡住了他们的去路，船夫的作用就是让他们能迅速地通过障碍。但在这成千上万的人中有一些人，少数几个，四五个人，对他们来说，河流并非障碍，他们听到了它的声音，倾听着它，这条河对他们来说变得神圣起来，就像它对我来说是神圣的一样。我们现在歇息吧，悉达多。”

悉达多留在船夫身边学习撑船，如果渡口无事可做，他就和瓦苏德瓦一起去稻田耕作、收集柴火、采摘芭蕉。

他学习制作船桨、修补船只、编织箩筐，他对自己所学的一切都兴致勃勃，日复一日，月复一月，时光飞逝。但比起瓦苏德瓦能够教他的东西，河水教得更多。他不断向河流学习，首先便从河流那里学会了倾听，用宁静平和的内心，用期待的、坦诚的灵魂倾听，不满怀激情，不抱有愿望，不做出评价，不发表意见。

他愉快地生活在瓦苏德瓦身边，两人偶尔交谈，话不多，且都经过深思熟虑。瓦苏德瓦不善言辞，悉达多很少能令他开口。

“你是否，”他有次这样问他，“你是否也从河里学到了那个秘密：时间不存在？”

瓦苏德瓦露出满面灿烂的笑容。

“是的，悉达多，”他说，“你的意思是：河流同时存在于各处，在源头、在河口、在瀑布、在渡口、在急流、在大海、在山涧，无处不在，同时存在。所以对河流来说，只存在当下，没有过去的影子，也没有未来的影子？”

“正是此意，”悉达多说，“当我学会这一点之后，再

去看我的生活，发现它也是一条河，男孩悉达多、男人悉达多、老头悉达多之间的区隔不过是幻影，而非实在。悉达多的前世并非过去，他的死亡与回归梵天[1]也非未来。没有过去，也不存在将来；一切都是现在，一切都具有实质，尽在当下。”

悉达多激动地说着，这番领悟使他深感快乐。哦，不正是时间带来了一切痛苦，不正是时间带来了一切折磨和恐惧吗？只要能够战胜时间、不再思考时间，不就战胜了世上的一切困难、一切敌意吗？他激动地说出口，而瓦苏德瓦只是对他粲然一笑，深表赞许。他默默地点了点头，用手拍拍悉达多的肩膀，便转身回到他的工作中。

又有一次，雨季时河水暴涨、咆哮不止，悉达多说：“哦，朋友，河流会发出很多很多种声音，不是吗？它难道不是既有国王的声音，又有战士的声音、公牛的声音、夜莺的声音、孕育的声音、叹息的声音，以及千万

1 梵天（Brahmā）为印度教的创造之神。

种别的声音吗？”

“的确如此，”瓦苏德瓦点了点头，“它的声音里包含着万事万物的声音。”

“那你知道吗，”悉达多继续说道，“当你设法同时聆听它的千万种声音时，它说的是哪个字？”

瓦苏德瓦脸上露出幸福的笑容，他俯身在悉达多耳边说出了神圣的“唵”字。这也正是悉达多所听到的。

他的笑容也在一次次交谈中变得越来越像船夫的笑容，几乎同样光彩照人，几乎同样散发着幸福的光辉，同样在无数细小的皱纹中闪耀，同样天真，同样慈祥。许多旅人见到这两个船夫都以为他们是兄弟。傍晚，他们常常一起坐在岸边的树桩上，沉默地倾听水声。对他们来说，这不再是水声，而是生命之声、存在之音，是永恒变化的声音。有时，两人在聆听河水时会想到同样的事情，想到前天的一次谈话，想到他们摆渡过的某位旅客那令人牵挂的面容和命运，想到死亡，想到各自的童年。而每当河水向他们诉说美好时，他们也会同时看向对方，两人心中都产生同样的想法，都为同一个问题

的同一个答案而欢喜。

从渡口和两个船夫身上散发出的某种气息感染了一些旅人。有时，一位旅人注视着其中一个船夫的脸，随即开始讲述他的生活，诉说痛苦，忏悔邪恶，寻求安慰和建议。有时，有人请求准许在他们那里停留一晚，聆听河水的声音。也有好事之人前来拜访，他们听说有两位智者，要么是巫师或圣人住在这个渡口上。好事之人提了许多问题，但都没得到答案；他们既没找到巫师，也没有找到智者，他们只找到两个友好的老人，这两人像是哑巴，看上去有点奇怪、有点愚蠢。好事之人大笑，都说那些民众散布这般空洞的谣言实在太愚蠢、太轻率。

一年年过去，没人再谈论他们。某天，来了一拨朝圣的僧人，他们是佛陀乔达摩的追随者，请船夫渡他们过河。船夫从他们口中得知，他们正着急赶回伟大的老师身边，因为消息已经传开，这位高僧已病入膏肓，很快就将最后一次作为凡人死去，得到救赎。不久，又有新一拨僧人赶去朝圣，然后又是一拨。无论是僧人还是

其他大多数旅行者、流浪者，都只谈论乔达摩和他即将迎来的死亡。人们从四面八方涌来，像蚂蚁一样成群结队，仿佛要去打仗或参加国王的加冕仪式。他们像被施了魔法，一齐涌向伟大的佛陀等待圆寂的地方，那里将有大事发生，这位旷古烁今的伟大高僧将在那里步入圣境。

悉达多近来常常回想起这位临终的圣人、这位伟大的导师，他的声音曾告诫民众，将成千上万的人唤醒。他也曾听到过他的声音，他也曾敬畏地注视着他圣洁的面容。他亲切地怀念他，眼前浮现出他通往功德圆满的道路，并微笑着回忆起他年轻时曾对世尊说过的话。如今，他觉得那番话实在是骄傲自负、故作老成，回想起来不免觉得好笑。他早就知道自己与乔达摩无法分离，可他依然难以接受他的教义。不，一个真正有追求的人，一个真正想要寻找的人，绝不可能接受任何一种教义。但是，已经得道之人可以悦纳任何教义、任何道路、任何目标，他与其他千千万万个生活在永恒中、呼吸着神明气息的得道者再无分别。

在许多人前去朝拜临终的佛陀的那段时间，某天，当年最美貌的名妓迦摩拉也去朝拜佛陀。她早已告别从前那种生活，把她的花园赠给了乔达摩的弟子们，皈依了佛陀的教义，成了那些朝圣者的朋友和施主。在得知乔达摩即将去世的消息后，她带着儿子小悉达多，穿着朴素的衣服，徒步而行。她带着她的宝贝儿子沿着河边行走，但是男孩很快就累了，想回家、想休息、想吃饭，又哭又闹。

迦摩拉不得不经常陪他休息，他习惯了对她使性子，她不得不喂饱他、安慰他、责骂他。他不明白为什么必须和母亲一起踏上这艰苦而悲伤的朝圣之旅，去一个不知名的地方，去找一个陌生的、神圣的将死之人。他就要死了，可这和男孩又有什么关系呢？

当小悉达多再次恳求母亲休息时，两位朝圣者离瓦苏德瓦的渡口已经不远了。迦摩拉自己也累了，于是趁男孩吃香蕉时，弯腰蹲在地上，稍微闭眼休息了片刻。突然，她发出一声凄厉的惨叫，男孩惊恐地看着她，见她被吓得脸色惨白，一条小黑蛇从她衣服下面钻出来，

就是它咬了迦摩拉。

他俩慌忙顺着道路跑去找人。到渡口附近，迦摩拉倒下了，无法再往前走。男孩发出凄厉的呼喊，不时亲吻母亲，搂着她的脖子。她也开始大声呼救，直到声音传到了站在渡口的瓦苏德瓦的耳朵里。他迅速赶来，把女人抱在怀里，抱进船舱，男孩也跟着跑上船。他们很快到达小屋，悉达多正站在炉边生火。他抬起头，首先看见了男孩的脸，竟莫名其妙地想起已经遗忘的往事。然后他看见了迦摩拉，尽管她躺在船夫怀里不省人事，他还是一眼就认出了她。现在他知道了，那是他自己的儿子，他的脸让他想起了很多事，一颗心在胸膛里怦怦直跳。

迦摩拉的伤口被清洗过了，然而它已经发黑，她的身体也肿了起来。他们给她灌下治病的汤药。她恢复了意识，躺在小屋里悉达多的床上。悉达多弯腰站在她的床边，他曾经是那么爱她。她觉得这像是一场梦，便微笑着注视昔日恋人的面容。但慢慢地，她意识到自己的处境，想起她被蛇咬了，便惊慌地呼唤她的孩子。

“他就在你身边，别担心。”悉达多说道。

迦摩拉看着他的眼睛。蛇毒麻痹了她的舌头，她说话很费力。“你变老了，亲爱的，”她说，“你的头发已经花白。但你和当初来花园里找我的那个年轻沙门一样，没有像样的衣裳，脚上沾满了尘土。他与离开我和迦摩斯瓦米时的你更像了。他的眼神和你很像，悉达多。啊，我也老了，老了——你还认得出我吗？”

悉达多微笑着说：“我一下就认出你了，迦摩拉，亲爱的。”

迦摩拉指着她的孩子说：“你也认出他了吗？他是你的儿子。”

她目光涣散，闭上了眼睛。男孩哭了，悉达多抱他坐在膝上，任他哭泣，抚摸他的头发。看着孩子的面孔，他想起自己还是个小男孩时曾经学过的婆罗门祈祷文。慢慢地，他用歌唱的调子吟咏起来，那些词句从他的过去和童年流淌出来。在他的吟咏中，男孩安静下来，时不时抽泣两声，然后便睡着了。悉达多让他躺在瓦苏德瓦的床上。瓦苏德瓦站在炉边煮饭。悉达多望了他一眼，

他回以微笑。

“她快死了。”悉达多轻声道。

瓦苏德瓦点了点头，炉子里的火光流照在他和蔼的脸上。

迦摩拉再次恢复了意识。疼痛扭曲了她的面容，悉达多将她嘴上和苍白面颊上的痛苦全看在眼里。他静静地、专注地读着，等待着，沉浸在她的痛苦之中。

迦摩拉有所察觉，搜寻他的眼睛。

她注视着他，说道：“现在我发现你的眼睛也变了。它们已经变得完全不同。我究竟如何能够辨认出你是悉达多呢？你是，也不是。”

悉达多没有说话，他的眼睛静静地凝望着她。

“你实现目标了吗？”她问道，“你找到安宁了吗？”

他微笑着，把手放在她的手上。

“我懂了，”她说，“我懂了。我也会找到安宁。”

“你已经找到了。”悉达多轻声道。

迦摩拉目不转睛地凝视着他的眼睛。她想起她原本想去朝拜乔达摩，看一看功德圆满之人的面容，呼吸他

安宁平和的气息，但她没见到他，却找到了悉达多。这也好，和能够见到佛陀一样好。她很想告诉他，但她的舌头不再听她使唤。她沉默地注视着他，而他则目睹她眼中的生命之光渐渐消失。当最后的痛苦溢出她的眼睛，当最后的战栗传遍她的全身，他用手指合上了她的眼睑。

他久久地坐着，凝视着她长眠的面容。他久久端详着她的嘴唇，她那苍老的、疲惫的、干瘪的嘴唇，想起他青春年少时，曾把这嘴唇比作一枚新鲜剖开的无花果。他久久地坐着，盯着那张苍白的脸、那些疲惫的皱纹。他用眼中所见填满了自己，仿佛看到自己以同样的方式躺着，同样苍白，同样枯槁；但同时他也看见他俩都还年轻时的面庞，有着鲜红的嘴唇和灼热的目光。他完全沉浸于这种两者尽在当下、并存不悖的感觉中，沉浸在这种永恒的感觉中。此时，他深深感受到，比以往任何时候都更深刻地感受到，生命不灭，瞬间永恒。

他站起身，瓦苏德瓦已为他盛好米饭。但是悉达多

没有吃。他们在羊圈里铺好床褥，瓦苏德瓦便躺下睡了。悉达多却走了出去，在小屋前坐了一整夜，细听河水的声音。往事冲刷着他的心，生命中的所有时光都感动着他、拥抱着他。但他也会时不时站起身，走到小屋门口，听听男孩是否睡着了。

清晨，太阳还没出来，瓦苏德瓦就走出羊圈，来找他的朋友。

“你没睡？”他说。

“没有，瓦苏德瓦。我坐在这里，倾听河流的声音。它告诉了我很多，它用疗愈的思想、归一的思想填补了我的内心深处。”

“你经受了痛苦，悉达多，可我并未看见你内心的悲伤。”

“不，亲爱的朋友，我怎会悲伤？我曾经很富有、很幸福，如今变得更富有、更幸福了。上苍赐给我一个儿子。”

“我也欢迎你的儿子。但现在，悉达多，我们要去工作了，有很多事情要做。迦摩拉和我的妻子是在同一张

床上去世的。我们也在火葬我妻子的同一座山丘上为迦摩拉举行葬礼吧。”

趁男孩还在熟睡，他们垒好了柴堆。

儿子

男孩羞怯地哭着参加了他母亲的葬礼。他阴郁、腼腆地听从悉达多接纳他做自己的儿子，欢迎他住进瓦苏德瓦的小屋。他面如死灰地在安葬母亲的山丘上坐了好几天，拒绝进食，紧闭双眼，紧锁心门，抗拒自己的命运。

悉达多体谅他，放任他，尊重他的悲哀。悉达多理解，他的儿子不认识他，不可能像爱父亲一样爱他。渐渐地，他也看明白了，这个十一岁的男孩是个被母亲娇宠惯了的孩子，在富裕的环境里长大，习惯了吃精细的

食物、睡柔软的床，习惯了使唤仆人。悉达多理解，悲痛的他、娇生惯养的他不可能突然心甘情愿地满足于这陌生而贫困的生活。他没有强迫孩子，替他干了很多活，总是把最好的食物留给他。悉达多希望能慢慢用友善的耐心赢得孩子的信任。

当男孩刚刚来到他身边时，他曾认为自己富有而幸福。但随着时光流逝，男孩依旧陌生而阴郁，显露出傲慢而执拗的心性，不肯劳动，不尊重老人，偷摘瓦苏德瓦树上的果子。于是悉达多开始明白，幸福和安宁并未跟随儿子来到他身边，到来的只有悲痛和忧虑。但是他爱孩子，他宁愿为此忍受悲痛和忧虑，也不要没有儿子的幸福和快乐。自从小悉达多在小屋住下，两位老人就开始分工合作。瓦苏德瓦再次独自承担起船夫的工作，悉达多为了待在儿子身边，便负责屋内和田间的工作。

很久以来，数月以来，悉达多都盼望着自己的儿子能理解他、接受他的爱，兴许还会回报他。

瓦苏德瓦也等了好几个月，观望着、期待着、沉默着。有一天，小悉达多再次任性地要起脾气，折磨他的

父亲，冲着他摔碎了两个饭碗。当天傍晚，瓦苏德瓦把他的朋友拉到一旁，和他谈心。

“原谅我，”他说，“我出于一片好心来找你谈谈。我看见你在折磨自己，我看见你有很多苦恼。你的儿子让你忧心，亲爱的朋友，他也让我忧心。这只小鸟早已习惯了另一种生活，住惯了另一个巢穴。他和你不同，你出于憎恶、厌倦主动逃离了财富和城市，可他却身不由己，必须抛下这一切。我已经问过这条河了，哦，朋友，我问过很多次。但河水只是大笑，它笑我，也笑你，笑我们的愚昧笑得发颤。水要流向水，年轻人要融入年轻人。待在这里，你的儿子无法茁壮成长。你也去问问河水，听听它说的话吧！”

悉达多愁眉苦脸地望着他和善的面容，见他满脸皱纹里栖居着不变的喜悦。

“我真的能和他分开吗？”他轻声问，觉得羞愧，“再给我点时间，亲爱的朋友！你瞧，我正在争取他，正在追求他的心，我要用爱、用友善的耐心捕获他的心。有朝一日，河流也会对他说话的，毕竟他也受到了召唤。”

瓦苏德瓦的微笑越发温暖，说："哦，是的，他也受到了召唤，他也有永恒的生命。但我们，你和我，又哪里知道他受到了什么样的召唤，要走哪条路、做哪些事、受哪些苦？他的苦难注定不会少，因为他的内心骄傲又固执，这样的人必定要忍受很多痛苦、走很多弯路、做很多错事、担负很多罪孽。你告诉我，我亲爱的朋友：你不会教育你的儿子吗？不会强迫他吗？不会打他吗？不会惩罚他吗？"

"不会，瓦苏德瓦，我不会做那些事。"

"我知道。你不会强迫他、不会打他、不会命令他，是因为你知道柔能克刚，水能穿石，仁爱胜过暴力。这很好，我赞美你。但是，你认为自己没有强迫他、没有惩罚他，这难道不是错觉吗？你难道不是在用爱来束缚他吗？你难道不是每天都令他羞愧，用你的仁慈和耐心让他更加难受吗？你难道没有强迫这个高傲的、被宠坏的男孩和两个老头住在一个小屋里吗？这两个老头靠吃香蕉勉强果腹，对他们来说一碗米饭就是美味佳肴。他们的想法不可能和他一样，他们的心已经苍老了、沉默

了，就连他们行走时的步伐也和他不同。难道这一切对他来说不是一种强迫、一种惩罚吗？”

悉达多惊愕地盯着大地，轻声问：“那么，你觉得我该怎么做呢？”

瓦苏德瓦回答：“带他去城里，回到他母亲的房子里，那里还有仆人，把他交给他们。要是那里没人，就把他带去一位老师那儿，不是为了让他学习，是为了让他和别的男孩女孩待在一起，让他回到属于他的世界。难道你从未如此考虑过？”

“你看透了我的心，”悉达多哀伤地说道，“我常常这么想。可是你看，他本就没有一副温柔心肠，我又怎么能把他送到俗世中去？他难道不会变得贪婪，不会沉迷于欲望与权力，不会重蹈他父亲的覆辙，不会在轮回中完全迷失吗？”

船夫灿烂地笑了，他轻轻抚摸悉达多的手臂，说道：“问问河水吧，朋友！听听他的嘲笑吧！难道你真的认为你现在所做的蠢事能让你儿子不再重蹈覆辙？难道你能保护你儿子免受轮回之苦？要怎么做？通过教育、通

过祈祷、通过训诫？亲爱的朋友，你是不是已经完全忘记了那个故事，你曾在这里告诉我的那个发人深省的故事，婆罗门之子悉达多的故事？究竟是谁把沙门悉达多从轮回、罪恶、贪婪、愚蠢中拯救出来？是他父亲的虔诚、老师的训诫，还是他自己的知识和追求拯救了他？有哪位父亲、哪位老师能够庇护他，让他不过自己的生活，不在生活中沾染污秽，不背负自己的罪孽，不痛饮自己那杯苦酒，不找寻自己的道路？“难道你真的相信，亲爱的朋友，有谁能够幸免于此吗？或许你的宝贝儿子可以，因为你爱他，因为你想要替他免除苦难、伤痛和失望？可就算你为他死上十次，也无法从他的命运中减去一丝一毫。”

瓦苏德瓦从来没有说过这么多话。悉达多诚恳道谢后忧愁地走进了小屋，久久无法入眠。瓦苏德瓦说的都是他自己早就思考过、早就知道的事。他尽管知道，却无法做到。他对男孩的爱、他的柔情、他害怕失去儿子的恐惧都比他的理智更强大。他何曾对任何事物如此着迷，何曾如此爱过任何人，如此盲目，如此痛苦，如此

无望，却又如此幸福？

悉达多无法听从朋友的建议，他不能放弃这个儿子。他心甘情愿被男孩使唤，纵容他轻视自己。他沉默着、等待着，每日用仁慈和忍耐进行着无声的斗争。瓦苏德瓦也沉默着、等待着，和颜悦色，洞若观火，泰然自若。他们两人都是忍耐的大师。

某天，男孩的脸让悉达多想起了迦摩拉，他不禁回想迦摩拉年轻时曾对他说过的一句话。“你不会爱。”她对他说。他认同她的话，还把自己比作星星，把那些孩子般的俗人比作落叶。但他也从这句话中察觉到一丝责备。事实上，他从来不能在另一个人身上完全迷失自己、奉献自己、忘记自己，不曾因为爱一个人而犯傻；他从未做到过这一点，而在他看来，这就是他与孩子般的俗人之间最大的差别。可如今自从他儿子来到这里，就连他悉达多也完全变成了一个孩子般的俗人，爱一个人，为爱的人受苦，为爱迷失，为爱变成傻瓜。如今，他也在生命中感受到这迟来的最强烈、最奇异的激情，遭受苦难，苦不堪言，却感到了幸福，感到生命又变得崭新

了一些、充实了一些。

他清晰地感觉到，这种爱，这种对儿子盲目的爱，是一种激情，是一种符合人性的东西，是轮回，是浑浊的源泉，是幽暗的水流。但是，他同时也感到它并非毫无价值，而是一种源于自身本质的必不可少之物。这种欲望也将被忏悔，这些痛苦也将被品尝，这些蠢行也将出现。

这段日子，儿子让他做尽蠢事，让他求饶，让他每天忍受自己坏脾气的折磨。这位父亲既不能讨他喜欢，也不令他畏惧。这位父亲是一个好人，一个善良的人，一个温柔的人，也许是一个非常虔诚的人，也许是一个圣人——但这些品质都不能赢得男孩的心。他讨厌这个把他囚禁在悲惨的小屋里的父亲，他讨厌父亲总是对他的淘气行为一笑置之，总是以友善回应他的谩骂，总是以仁慈回应他的恶意，这些正是这个伪君子老头最可恨的伎俩。男孩宁愿被他威胁、被他虐待。

有一天，小悉达多终于爆发了，他公然反抗他的父亲。父亲派给他一项任务，让他去捡拾柴火。可他却不

肯离开屋子，恼怒而挑衅地站着，使劲跺脚，握紧拳头，仇恨而蔑视地冲父亲爆发出吼叫。

“你自己去捡你的柴！”他勃然大怒，“我不是你的仆人。我知道你不会打我，你不敢；我知道你想用你的虔诚和纵容来惩罚我、贬低我。你想让我变得和你一样，一样虔诚、一样温和、一样睿智！但你听着，我宁愿成为一个强盗、杀人犯，宁愿下地狱，也不愿成为你这样的人！我恨你，你不是我父亲，哪怕你给我母亲做了十次姘头！”

愤怒和悲伤在他心中泛滥，化作千百句粗暴又恶毒的咒骂涌向他的父亲。然后男孩跑了出去，直到深夜才回来。

但第二天一早，他又消失了。和他一起消失的还有一个用双色韧皮编成的小篮子，里面装着船夫摆渡赚来的铜币和银币。船也消失了，悉达多发现它停靠在河的对岸。男孩逃走了。

“我必须跟着他，”悉达多说道，自从昨天听了那孩子的辱骂，他一直痛苦得发抖。“一个小孩没法独自穿

过森林，他会丧命的。我们必须扎个筏子，瓦苏德瓦，用来渡河。”

“我们要扎个筏子，”瓦苏德瓦道，“把我们的船弄回来，它被孩子划走了。不过你应该让他离开，朋友，他已经不再是个小孩子了，他知道如何保护自己。他在寻找回到城市的道路，别忘了，他做得没错。他正在完成本该你自己去做却没能做到的事。他会照顾自己，走他自己的路。啊，悉达多，我看到你在受苦，但你所受之苦实在惹人发笑，过不了多久你也会嘲笑自己。”

悉达多没有回答。他已经手持斧头，开始扎竹筏了。瓦苏德瓦帮他用草绳把竹竿绑在一起。随后他们驶向对岸，河水把筏子远远地冲向下游，他们只好朝着对岸逆流而上。

“你为什么要拿斧头？”悉达多问。

瓦苏德瓦说：“我们的船桨可能会被弄丢。”

悉达多知道他的朋友究竟在想什么。他想，男孩可能会把船桨扔掉或折断，为了报复他们，也为了阻挠他们追赶。果然，船里已经没有桨了。瓦苏德瓦指着船底，

含笑注视着他的朋友，似乎在说："你难道没看出来，你儿子想告诉你什么吗？你难道没看出来，他不想被追上吗？"不过瓦苏德瓦并没有说出口，他开始制作新的船桨。但悉达多还是告辞了，他要去找他逃跑的儿子。瓦苏德瓦并未阻止他。

悉达多在森林里走了很久方才想到，这样寻找毫无用处。他想，那孩子要么已经走了很远，已经到镇上了；要么还在路上，那孩子也会躲避他的追赶。他继续思考，又发现自己并不担心他的儿子，他内心深处很清楚，孩子既不会丧命，也不会在森林里遇到危险。即便如此，他还是不停地奔跑，不再是为了拯救他，而只是出于或许能再见他一面的渴望。他一直跑到城郊。

他来到紧邻城市的宽阔大道，在曾经属于迦摩拉的漂亮花园门口驻足，他曾经在这里第一次见到坐在轿子里的她。当年的景象浮现在他脑海中，他又见到自己站在那儿，很年轻，是个留着胡子、赤身露体的沙门，头发上满是尘土。悉达多伫立良久，透过敞开的大门向花园内望去，看见僧人身着黄袍行走在美丽的树下。

他久久地站着，沉思着，注视着那些画面，倾听着自己的人生故事。他久久地站着，望着那些僧人，可他看见的不再是他们，而是年轻的悉达多，他还看见年轻的迦摩拉在高大的树下行走。他清楚地看见迦摩拉如何款待他，他如何接受了她的第一个吻，他如何自负又轻蔑地回顾自己的婆罗门生涯，如何骄傲且向往地开始他的世俗生活。他看见了迦摩斯瓦米，看见了那些仆人、宴会、赌徒、乐师，看见了迦摩拉养在笼中的歌鸟，他再次体验这一切，呼吸轮回的气息，再次衰老、疲惫，再次感到厌恶，再次感受到自我毁灭的渴望，再次被神圣的“唵”治愈。

悉达多在花园门口伫立良久，方才意识到，驱使他来到此地的欲望十分愚蠢，他无法帮助他的儿子，也不应该过于依赖他。他深深地感受到心中对这个逃离者的爱就像一道伤口，但同时他也意识到，这个伤口的存在并不是为了折磨他，它必定会开出花朵、放出光芒。

但此时这道伤口既没有开花，也不曾发光，这让他悲伤。驱使他一路追着离家出走的儿子来到此地的那种

渴望，如今只剩下空虚。他悲伤地坐下，感到心中有什么东西正在死去，他感到空虚，看不到喜悦，不再有目标。他静坐冥想，等待着。这是他在河边学到的：等待、忍耐、倾听。他坐在那里倾听，在满是尘土的街道上，倾听他的心脏疲惫而悲伤地跳动，等待着一个声音。他蹲坐在那里倾听了好几个小时，不再看见那些画面，沉入空虚之中，任由自己沉沦，找不到任何出路。当他感到伤口在燃烧时，便无声地念诵“唵”，让自己被“唵”填满。花园里的僧人看到了他，见他一连蹲坐好几个小时，灰白的头发上落满了灰尘。有人过来在他面前放了两个芭蕉，老人并没有看见他。

一只手碰了碰他的肩膀，将他从呆滞中唤醒。他立即从这温柔的、羞怯的一碰清醒过来。他站起身，向前来寻他的瓦苏德瓦问好。他望着瓦苏德瓦和善的面庞，望着他脸上洋溢着微笑的细密皱纹，望着他明亮的眼睛，自己也笑了。他终于看见了放在他面前的芭蕉，拿起来，一个给船夫，另一个自己吃了。然后他默默跟随瓦苏德瓦一起回到了森林，回到了渡口。两人都不曾提起今天

发生的事，没人提到那个男孩的名字，没人提起他逃跑，没人提起那道伤口。悉达多回屋躺在床上。过了一会儿，瓦苏德瓦来到他身边，给他端来一碗椰奶时，发现他已经睡着了。

唵

伤口过了很久仍在烧灼。有时，悉达多不得不摆渡那些携儿带女的旅人过河，每当他见到他们时，总会不可抑制地感到羡慕。他总是想："那么多人，千千万万人都拥有这最动人的幸福，为什么我没有？就连那些恶人，包括小偷、强盗也有孩子爱他们，也被他们所爱，独独我没有。"他现在的想法就是如此简单，如此缺乏理智，他变得和那些孩子般的俗人如此相似。

如今他看人的眼光已不同以往，少了点精明，少了点骄傲，变得更温暖、更好奇、更投入。当他摆渡寻常

旅人，摆渡那些孩子般的俗人、商人、士兵、妇女时，觉得这些人不再像以前那样陌生：他理解他们，他理解并共情他们缺乏思想和洞见，仅仅被本能和欲望驱动的生活，他觉得自己和他们一样。尽管他已接近功德圆满，身上只带着最后一道伤口，但在他看来，这些孩子般的俗人都是他的兄弟，他们的虚荣、欲望和荒谬对他来说失去了可笑之处，变得可以理解、值得喜爱，甚至令人尊敬。一个母亲对孩子盲目的爱，一个自以为是的父亲对他唯一的宝贝儿子愚蠢又盲目的骄傲，年轻而虚荣的女人盲目又疯狂地追求珠宝首饰和男人们欣赏的目光，所有这些冲动，所有这些孩子气，所有这些简单、愚蠢但无比强烈、生机勃勃、不可动摇的冲动和欲望，如今对悉达多来说都不再幼稚，他目睹人们为它们而活，目睹人们为它们无止境地忙碌、旅行、征战，承受无尽的痛苦，忍受无尽的折磨；他可以因此而爱他们，他在他们的每种激情、每个行为中都看见了生命，看见了鲜活的、不可毁灭的事物，看见了梵。这些人盲目的忠诚、盲目的刚强与坚韧都是那么值得喜爱、值得赞叹。他们

什么都不缺，学者和思想家仅有小小的一点比他们强，微不足道的一点是意识，有意识地思考万法归一。很多时候，悉达多甚至怀疑这种知识、这种思想是否被高估了，它是否也有可能只是思考者——或许只是思考着的俗人——的幼稚想法。在其他所有方面，世俗之人与智者平等，甚至常常远胜于智者，正如动物为了生存而顽强、坚定地行动，在某些时刻显得比人类更优越。

悉达多逐渐认识到智慧究竟是什么，他上下求索的目标是什么，这种认知在他心中慢慢地开花，慢慢地结果。它无非是灵魂的一种准备、一种能力、一种秘密的艺术，是能够在生命里的每时每刻都思考、感受、吸纳万法归一。

这在他心中慢慢地开花，又映照在瓦苏德瓦老小孩似的面容上：和谐、对世界永恒圆满的认知、微笑、万法归一。

但伤口仍在烧灼，悉达多苦苦思念着他的儿子，呵护着心中的爱与柔情，任由痛苦啃噬他，做尽了爱的蠢事。这火焰不会自行熄灭。

有一天，伤口剧烈灼痛，悉达多在极度渴望的驱使下过了河，下了船，想到城里去找他的儿子。那是旱季，河水柔和地轻声流淌，可它的声音听起来却很奇怪：它在笑！它分明在笑。河流在笑，它在嘲笑老船夫，声音明朗而清脆。悉达多站定，朝水面俯下身，想听得更清楚些，却见静静流淌的水面上倒映着自己的脸。这张倒映的脸让他想起了某些被遗忘的事物。他思考片刻，发现这张脸与他曾经认识的、爱过也畏惧过的另一张脸很像。它很像他父亲的脸，那位婆罗门。他回想起当初自己还是个年轻人时，如何迫使父亲允许自己出去苦修，如何与父亲告别，如何离开家门就再也没有回去。他的父亲不也为他承受了同样的痛苦，就像他现在为他儿子承受的一样吗？他的父亲不是很久以前就死了，孤零零的，没有再见到他的儿子吗？等待他自己的又何尝不是同一种命运呢？这一切重复着，在不幸的轮回里打转，难道不是一出喜剧、一件荒唐的蠢事吗？

河水笑着。是的，就是这样，除非历尽艰辛、彻底解脱，一切都还会重来，叫人一次又一次承受同样的痛

苦。悉达多重新登上船，驶回小屋，一路回想他的父亲、他的儿子，被河水嘲笑，与自己争论，几近绝望，也想要一起大声嘲笑自己和整个世界。啊，那道伤口还没有开花，他的心还在和命运抗争，从他的苦难中还没有绽放出喜悦和胜利的光芒。但是他感受到了希望，回到小屋后，他觉得有一种不可抑制的渴望，想要对瓦苏德瓦敞开心扉，向这位善于倾听的大师展示一切、坦陈一切。

瓦苏德瓦坐在小屋里编织篮子。他不再替人摆渡，他的视力开始变差，不仅是眼睛，他的手臂和双手也愈发虚弱。只有喜悦和明朗的慈悲仍一如既往地绽放在他脸上。

悉达多在老人身边坐下，开始慢慢述说。他讲述着那些他们从未谈论过的事，讲他去城里，讲他灼痛的伤口，讲他见到那些幸福的父亲时很羡慕，讲他认识到这些愿望很愚蠢，讲他在这些愿望中徒劳地挣扎。他坦陈一切，什么都能开口，哪怕是最难堪的事，他讲述一切、展示一切、叙说一切。他展示自己的伤口，也讲述他今日的逃离，讲他如何渡过河流，像个幼稚的逃亡者，想

要走到城里去，而河流又是如何嘲笑他。

他这么讲着，讲了很久，瓦苏德瓦则面容沉静地听着。悉达多比以往更强烈地察觉到瓦苏德瓦如何倾听，他察觉到自己的痛苦、恐惧、隐秘的希望如何流向他，又从他那边涌回来。把他的伤口展示给这位听众，就像把它浸泡在河水中，直到它变得凉爽，与河水融为一体。悉达多不停地讲述着、坦白着、忏悔着，与此同时他越来越感觉到听他讲述的不再是瓦苏德瓦，不再是一个人，这位一动不动的听众正如一棵树吸收雨水那样吸纳着他的忏悔，这位一动不动的听众正是河流的化身、上帝的化身、永恒的化身。当悉达多停止思考自己和自己的伤口时，他觉得瓦苏德瓦的本质已经发生改变，这种认识占据了他的意识，他越是感觉到它，越是深入其中，就越是觉得没什么奇怪，就越是意识到这一切都很好、很自然，瓦苏德瓦早就是如此，几乎一直如此，只不过他自己没有完全认识到这一点。是啊，他自己和他也几乎没有分别。他觉得，此时这样看着老瓦苏德瓦好似世人看着神灵，注定无法长久，于是他开始在心里向瓦苏德

瓦告别。与此同时，他仍在讲述。

待他讲完，瓦苏德瓦用和善而有些虚弱的目光望着他，一言不发，默默向他散发着爱与喜悦、会意与明了的光辉。他牵着悉达多的手，把他领到岸边的座位上，和他一起坐下，面朝河水微笑。

“你听到了它的笑声，”他说，“但你并未听到一切声音。让我们来听一听，你会听到更多。”

他们细听。河流的多声部合唱温柔动听。悉达多望向河水，流动的水面上浮现出很多画面：他的父亲出现了，孤身一人，为儿子哀愁；他自己也出现了，孤身一人，同样被自己对远方儿子的思念之情束缚着；他的儿子出现了，这男孩也是孤身一人，贪婪地狂奔在他燃烧着欲望的年轻的道路上。每个人都有自己的目标，每个人都迷恋着这个目标，每个人都在受苦。河流痛苦地歌唱着，满怀渴望地唱着，满怀渴望地流向目的地。它的歌声悲凉又哀怨。

“你听到了吗？”瓦苏德瓦用沉默的目光询问道。悉达多点了点头。

“再好好听听！”瓦苏德瓦轻声说。

悉达多努力听得更清楚。父亲的形象、他自己的形象、儿子的形象相互交融，迦摩拉的形象也出现了、晕开了，还有戈文达的形象，还有其他形象，全都交融在一起，汇入了河流，与河水一起热切地、渴盼地、痛苦地奔向目标。河流的声音里充满渴望，充满烧灼的痛苦，充满永不满足的欲望。河流奔向目标，悉达多眼见它匆匆流去，这条由他和他家人以及他见过的所有人组成的洪流，他眼见它的每一道波浪、每一滴水都痛苦又匆忙地奔向许多目标，奔向瀑布、湖泊、急流、大海。每一个目标都达成了，而每一个目标之后都有一个新的目标。水变成蒸汽，升上天空，变成雨再从空中落下，变成泉水，变成小溪，变成河流，追求新的目标，流向新的目标。但那渴望的声音已经改变了。它仍然响着，充满痛苦，寻寻觅觅，但其中掺进了别的声音，快乐的和痛苦的声音，美好的和邪恶的声音，欢笑的和哀愁的声音，百种声音，千种声音。

悉达多仔细倾听。他现在完全是一个倾听者，完全

沉浸在倾听中，彻底放空，吸纳一切，他觉得自己如今已经完全学会了倾听。他从前也经常听到这一切，听到河流的许多声音，但今天听起来都是新的。他已经无法区分这么多声音，他分不清快乐的声音和哭泣的声音，分不清孩童的声音和男人的声音。它们都是一个整体，渴慕的悲叹与通达的欢笑，愤怒的呼喊与垂死的呻吟，一切都是一体，一切都交织在一起，联结在一起，反反复复缠绕在一起。所有的声音，所有的目标，所有的渴望，所有的痛苦，所有的欲望，所有的善恶，所有这一切的一切构成了这个世界。这一切合起来便是世事的洪流，是生命的音乐。悉达多全神贯注地倾听这条河流，倾听这支包含了千万种声音的歌谣，他听到的不是痛苦或欢笑，他的灵魂不被任何一种声音束缚，也不与他的自我一起融入某种声音。相反，他倾听一切，倾听这个整体，感受它们的统一。这时，他听见这首拥有万千声音的伟大歌谣只由唯一一个字组成，那就是“唵”——圆满。

“你听到了吗？”瓦苏德瓦再次询问。

瓦苏德瓦笑容灿烂，他的微笑浮现在他苍老面容的每一条皱纹上，闪着光，就像“唵”浮现在河流的一切声音之上。他带着灿烂的笑容注视着他的朋友，现在，悉达多的脸上也出现了同样灿烂的笑容。他的伤口开出花朵，他的痛苦放出光芒，他的自我已经融入统一。

从这一刻起，悉达多不再与命运抗争，不再受苦。他的脸上绽放出觉知的喜悦，不再违抗意志，懂得了圆满，认同世事如河流、生命在流动，满怀同情，满怀喜悦，投入洪流，融入统一。

瓦苏德瓦从岸边站起身，注视着悉达多的眼睛，见他眼里闪耀着觉知的喜悦，于是用手轻轻抚摸他的肩膀，如往常一样谨慎而温柔，说道：“我一直在等待这个时刻，亲爱的朋友。如今它已到来，就让我走吧。我等待这个时刻等了很久了，我做船夫瓦苏德瓦也做了很久了。如今都已足够。保重，茅屋；保重，河流；保重，悉达多！”

悉达多向辞行者深深鞠躬。

“我已经知道了，”他轻声说，“你要去森林里吗？”

“我要去森林里，我要走向归一。”瓦苏德瓦神采飞扬。

他神采飞扬地走了，悉达多目送他离去。悉达多怀着深深的喜悦与深深的敬意目送着他，见他步伐平静而安稳，头顶熠熠生辉，周身笼罩着光芒。

戈文达

某天，戈文达与其他僧人一道在名妓迦摩拉赠予乔达摩弟子的林苑中稍事歇息。他听人说，在距离林苑一天路程的河边住着个老船夫，被许多人奉为圣人。当戈文达再度启程时，他选择了去往渡口那条路，他渴望见到那个船夫。尽管他一生谨守戒律清规，年轻僧侣们也敬他年高德劭，可他内心的不安与探求仍未熄灭。

他来到河边，请老人为他摆渡。当他们在对岸下船时，他对老人说："你为我们僧人和朝圣者行过诸多善事，摆渡了我们许多人。船夫，难道你不也是求道之

人吗？”

悉达多一双老眼满含笑意，说道：“你自称求道者，哦，可敬的人，可你年事已高，怎么还穿着乔达摩弟子的僧衣呢？”

“我的确老了，”戈文达说，“但我并未停止探求。我将永不停止探求，这似乎是我的命运。在我看来，你也曾探求过。尊敬的人，你能否告知一二？”

悉达多道：“可敬的人，我应该对你说什么呢？也许要说你探求得太多，还是说你忙于探求，以至于毫无发现？”

“何解？”戈文达问。

“当一个人求索时，”悉达多说，“他的眼睛很容易只盯着他正在探求的东西，结果什么也发现不了，什么也无法进入他的内心，因为他总是只想着所求之物，因为他有一个目标，因为他迷恋这个目标。探求就意味着有一个目标。但发现意味着自由、开放、没有目标。可敬的人，你也许的确是位求道者，因为你在努力追求你的目标，却看不到许多近在眼前的东西。”

"我还是没有完全明白，"戈文达求问，"你是什么意思？"

悉达多说："很多年前，哦，可敬的人，你曾到过这条河的河边，发现河边有个人睡着了，于是你坐到他身边，守护他。但是，戈文达啊，你没有认出那个睡着的人。"

僧人震惊地看向船夫的眼睛，像是被施了魔法。

"你是悉达多？"他羞涩地问，"我这次又没认出你！衷心问候你，悉达多，我真的很高兴再次见到你！你变了很多，朋友！——所以你现在成了船夫？"

悉达多友好地笑道："对，成了船夫。戈文达，有些人必须做出很多改变，必须穿各种各样的衣服，我就是其中之一，亲爱的朋友。欢迎你，戈文达，留在我的小屋里过夜吧。"

戈文达当晚留在小屋里过夜，睡在瓦苏德瓦以前睡的那张床上。他向青年时代的好友提了许多问题，悉达多不得不给他讲述自己生命中的许多事。

第二天早晨，到了启程的时候，戈文达毫不犹豫地

说："在我继续赶路之前，悉达多，请允许我再问一个问题。你有没有一种教义？你是否遵循一种信仰或一种知识，让它帮助你生活，指导你做正确的事？"

悉达多说："你知道，亲爱的，在我还是年轻人的时候，在我们与沙门忏悔者一起生活在森林中的时候，我就已经开始怀疑那些教义和老师，并且离开了他们。如今依旧如此。不过，在那之后我还有过很多老师。一位美艳的妓女在很长一段时间里曾是我的老师，一个富有的商人曾是我的老师，还有一些赌徒。有一次，佛陀的一个游方弟子也曾做过我的老师，他在朝圣途中见我在森林里睡着了，便坐在我身边守护我。我也向他学习，也很感谢他，非常感谢。但我从这条河流那里学得最多，还有我的前辈、船夫瓦苏德瓦。瓦苏德瓦是个非常简单纯粹的人。他并非思想家，但他对必要至理的觉知和乔达摩一样深刻，他是一个完人、一个圣人。"

戈文达说："哦，悉达多，你还一直这么喜欢说笑，在我看来是这样。我相信你，也知道你没有追随一位老师。但即便你没有找到一种教义，难道也没有发现属于

你个人并帮助你生活的某些思考或某些认识吗？如果你能告诉我这些，我会从心底感到高兴。”

悉达多说：“我有过思考，的确，也时不时有些认识。有时，我会在一小时或一天中感受到知识的存在，就像一个人在心中感受到生命一样。我是有一些思想，但很难与你分享。瞧，我的戈文达，这就是我发现的思想之一：智慧无法言传。智者试图传达他的智慧，那智慧听起来却总和愚蠢没什么两样。”

“你在开玩笑吧？”戈文达问。

“我没开玩笑。我说的正是我的发现。知识可以言传，智慧却不能。一个人可以发现它，可以体验它，可以被它引领，可以用它创造奇迹，但却不能讲述它、传授它。这就是我从年轻时起就时常怀疑的东西，也是促使我远离老师的原因。我得到了一个想法，戈文达，你一定还会觉得它是个笑话或者很愚蠢，但这是我最好的想法。那便是：每种真理的反面也同样是真理！也就是说，只有片面的真理才能被表达出来，才能付诸文字。一切可以被纳入思想、被词句言说的东西都是片面的，

它们都只有一面，只有一半，它们都不够完整、圆满、统一。世尊乔达摩论及世界时，不得不把它分为轮回和涅槃，分为虚幻和真实，分为痛苦和救赎。想要传道的人别无他法，没有任何别的路可走。但这个世界本身一直存在于我们周围和我们内部，从来都不只有一面。任何人、任何事都不完全属于轮回或完全属于涅槃，任何人都不是绝对的圣人或绝对的罪人。之所以看起来如此，是因为我们产生了一种错觉，以为时间是真实存在的东西。时间不是真实的，戈文达，我一次又一次体会到这一点。而如果时间不真实，那么似乎存在于现世与永恒之间、痛苦与幸福之间、邪恶与善良之间的区隔，也就只是一种错觉。”

“怎么会呢？”戈文达惶恐地问。

“听好了，亲爱的，听好了！罪人，我和你都是罪人，但罪人有朝一日又会成为梵天，他有朝一日会抵达涅槃，会成为佛陀——现在请看，这个‘有朝一日’是虚幻的错觉，它只是一个比喻！罪人并不走在成佛的道路上，并不在发展的过程中，尽管我们的思维无法进行

其他想象。不，在罪人身上，现在和今天已经存在未来的佛，他的未来全都在这里，你必须尊敬在他身上、在你身上、在每个人身上的那个将来的、可能的、隐藏的佛。戈文达，朋友，这个世界并非不圆满，也不在通往圆满的缓慢道路上：不，它每时每刻都是圆满的，所有罪恶都隐含着宽恕，所有孩童都潜藏着老人，所有出生都暗示着死亡，所有死亡都蕴藏着永恒的生命。没人能从另一个人身上看到他在自己的道路上走了多远，强盗和赌徒有望成佛，婆罗门可能变成强盗。在深度冥想中，人们有可能抛却时间，看到过去、现在和将来的一切都同时存在，如此，一切皆善，一切圆满，一切即梵。因此在我看来，一切存在都是好的，对我来说死亡和生命一样好，罪孽和神圣一样好，智慧和愚蠢一样好，一切必定如此，一切只需要我的赞同、我的意愿、我的倾心认可，所以一切对我来说都是好的，都只会促进我，永远不能伤害我。我在自己的躯体和灵魂中体验到，我非常需要罪恶。我需要欲望，需要追求财富，需要虚荣，需要最可耻的绝望，从而学会不再抗拒，学会爱这个世

界，学会不再把它与任何我所期望的、假想的世界相比，与我幻想中的圆满状态相比，而是接受它本来的面貌，爱它并欣然属于它。哦，戈文达，这些便是我头脑中的一些思考。”

悉达多弯下腰，从地上拾起一块石头，在手里掂了掂。

“这是一块石头，”他漫不经心地说，“有朝一日，它也许会变成泥土，又从泥土变成植物，或者动物，或者人。要是以前，我会说这块石头只是一块石头，它没有价值，它属于摩耶幻境；但因为它也许能在轮回中转变为人和精灵，所以我也赋予它价值。以前我可能会这样想，而如今我认为，这块石头既是石头，同时也是动物，也是神，也是佛，我崇拜它、爱它，不是因为它有朝一日会变成这样或那样，而是因为它早就是一切、一直是一切——正因为它是石头，因为它在此刻、在今天作为石头出现在我面前，正因如此，我爱它。我在它的每一条纹路、每一个孔洞中，在它的黄色和灰色中，在它的坚硬中，在我敲击它时发出的声音中，在它表面的干燥

或潮湿中，看到了价值和意义。有些石头的触感像凝脂或肥皂，有些像叶子，有些像沙子，每一块都很特别，都以自己的方式念诵着‘唵’，每一块都是梵，同时却也实实在在是块石头，油亮润泽，恰恰是这些讨我喜欢，让我觉得奇妙且值得崇拜。但我不想再多说。言辞对幽微的奥义毫无益处，任何东西被言说出来总会变得有点不同，有点扭曲，有点愚蠢——是的，就连这一点也很好，我很喜欢，也很认同：一个人的珍宝和智慧在旁人听来总是很愚蠢。”

戈文达默默倾听。

“你为什么要告诉我石头的事？”他停顿了一下，迟疑地问。

“并无深意。或许我只是想说，我就是喜欢石头，也喜欢河流，喜欢所有这些我们可以观察和学习的东西。我可以爱一块石头，戈文达，也可以爱一棵树或一块树皮。这些都是实物，而实物可以被爱。但我却无法爱言辞。这就是为什么我无法信奉任何一种教义，它们既不坚硬也不柔软，没有颜色，没有棱角，没有气味，没有

味道。它们只有言辞。也许正是它们，正是太多的言辞妨碍你找到安宁。因为哪怕是救赎和美德、轮回和涅槃，都只是言辞而已，戈文达。涅槃并非任何实物，涅槃只是一个词语。”

戈文达说：“涅槃不只是词语，朋友，它是一种思想。”

悉达多继续说：“一种思想，也许是吧。亲爱的朋友，我必须向你承认，我不怎么区分思想和言辞。坦白地说，我也不怎么在乎思想。我更在意实物。例如，这条渡船上曾经有一个人，他是我的前辈和老师，是个圣人，多年来他只信仰河流，不相信其他。他发现河流的声音在对他说话，于是向它学习；河流培养他、教导他，在他眼中如同神明。多年以来，他并不知道每一阵风、每一片云、每一只鸟、每一只甲虫都和受人尊敬的河流同样神圣、博学，同样可以教导他。但当这位圣人走进森林，他便知道了一切，比你我知道得更多，无须老师，无须书本，只因他信仰这条河流。”

戈文达说：“但你所说的‘实物’，究竟是不是真实

之物、本质之物？它难道不只是摩耶幻象，只是幻影和假象吗？你的石头、你的树、你的河流，它们究竟真实存在吗？”

“这个问题，”悉达多说道，“也并不十分令我困扰。我不在乎实物是否为假象，就连我自己也可能只是假象，所以它们与我总是一致的。正因如此，它们才让我觉得如此可亲可敬：它们和我一样。因此我能够爱它们。这也是一门会被你嘲笑的学问——爱。哦，戈文达，对我而言，它在一切事物中最为必要。伟大的思想家致力于看透这个世界，解释它，鄙视它。而我唯一的目标是能够爱这个世界，不轻视它，不憎恨它，也不憎恨自己，满怀爱、赞美与敬畏来观照世界、观照自己、观照万物。”

“这一点我明白，”戈文达说，“但佛陀恰恰认为它是欺骗。他要求我们学会仁慈、怜悯、同情、宽容，但不要求我们会爱；他禁止我们用爱把心束缚在世俗之物上。”

“我知道，”悉达多说道，他的笑容闪着金光，“我知

道，戈文达。你瞧，我们如今深陷意见纷杂的丛林，正在做言辞之争。因为我不能否认，我关于爱的言辞与乔达摩的言辞互相矛盾，或者说看起来互相矛盾。正因如此我才这般不信任言辞，因为我明白，这种矛盾只是假象。我知道自己与乔达摩所思一致。他怎么可能不懂得爱呢？他认识到一切人类存在的短暂和虚无，却仍然因为深爱世人倾尽了他漫长而艰辛的生命，一心一意地帮助他们、教导他们！就连他，就连你伟大的老师，我也更爱他的实质而非言辞，他的行动和生活比他的言论更重要，他的手势比他的观点更重要。我并未从言谈中、从思想中看出他的伟大。他的伟大只在他的行动中、在他的生活中。”

两位老人沉默良久。后来，戈文达鞠躬告别，说道：“我感谢你，悉达多，把你的一些思考讲给我听。你的部分想法很古怪，我并不能立刻完全理解。尽管如此，我还是要感谢你，祝愿你过上安稳的日子。”

但他心里却偷偷地想：“这悉达多真是个怪人，满口奇怪的想法，他的教义听起来很愚蠢。佛陀纯正的教义

听起来则不同，它更清晰、更纯粹、更容易理解，其中没有任何奇怪、愚蠢或可笑之处。不过在我眼中，悉达多的手和脚，他的眼睛、他的额头、他的呼吸、他的微笑、他的问候和他的步伐都与他的思想很不同。自从我们的世尊乔达摩进入涅槃以后，我还从未遇见任何人能让我觉得他是圣人。只有他，这个悉达多，让我有这种感觉。也许他的教义很奇怪，也许他的言辞听起来很愚蠢，但他的目光和他的手，他的皮肤和他的头发，他的一切都闪烁着纯洁，闪烁着宁静，闪烁着喜悦、温和而神圣的光芒，自从我们崇高的老师圆寂以后，我还从未在任何人身上见到过。”

戈文达这样想着，心里很矛盾，出于爱，他再次向悉达多鞠了一躬。他向这个静静端坐的人深深鞠了一躬。

“悉达多，”他说，“我们都已经老了。我们也许很难再像这样见到彼此了。我看到，亲爱的朋友，你已经找到了安宁。我承认，我还没有找到。告诉我，尊敬的人，再告诉我一句，给我一些我能够掌握的、能够理解的东西，给我一些路上能用到的东西！我的道路常常很艰难、

很昏暗，悉达多。”

悉达多沉默不语，带着始终如一的平静微笑注视着他。戈文达呆呆地盯着他的脸，带着恐惧，带着渴望，他的目光中写着痛苦，写着永远一无所获的探求。

悉达多看在眼里，微微一笑。

“俯身靠近我！”他对戈文达轻声耳语，“靠向我这里！就这样，再近些！再近些！吻我的额头，戈文达！”

戈文达十分诧异，但还是在强大的爱意和预感的驱使下顺从了他的话，俯身靠近他，嘴唇碰触到他的额头。这时，奇妙的事情发生在他身上。当他还在琢磨悉达多异想天开的话语时，当他还带着抵触情绪徒劳地试图忘却时间，想象涅槃与轮回合二为一时，当他内心对朋友言论的蔑视和对他深重的爱与敬畏仍然相持不下时，奇迹发生了：

他看见的不再是朋友悉达多的面孔，而是其他面孔，有很多，排着长长的队伍，像是一条奔涌的面孔的河流，有上百张、上千张，来来往往，

却似乎又都同时存在。它们都在不断变化和更新，但它们又都属于悉达多。他看见一条鱼的脸，一条鲤鱼，无比痛苦地张着嘴，一条垂死的鱼，眼睛开始溃烂——他看见一张新生儿的脸，红彤彤的，皱巴巴的，哭得变了形——他看见一个杀人犯的脸，看见他把刀捅进一个人的身体——他看见，在同一秒，这个罪犯被绑着跪在地上，头被刽子手一刀砍了下来——他看见男人和女人的身体，他们赤身裸体，变换各种姿势，在激烈的欢爱中奋战——他看见横陈的尸体，静止、冰冷、空虚——他看见动物的头颅，有野猪的、鳄鱼的、大象的、公牛的、鸟的——他看见了诸神，看见了黑天[1]，看见了阿耆尼[2]——他看见这一切形体和面孔之间有着千丝万缕的联系，互相帮助，爱着，

1　黑天（Kṛṣṇa）是印度教最重要的神祇之一，是主神毗湿奴的第八个化身。

2　阿耆尼（Agni）是吠陀教及印度教的火神。

恨着，毁灭又重生，每一个都向往死亡，每一个都热切而痛苦地认识到无常，但是没有一个死亡，每一个都只不过发生了变化，总能重获新生，总能得到一个新的面孔，不存在介于两个面孔之间的时刻——所有这些形体和面孔都在休憩、流动、生成、游弋、汇聚，而在这一切之上，始终罩着一层稀薄的、毫无实质却真实存在的东西，像一片玻璃或薄冰，像透明的皮肤，像是水做的外壳或模子或面具。这个面具在微笑，这个面具是悉达多微笑的脸。他，戈文达，正在这同一个瞬间用嘴唇触碰它。于是，戈文达看到，这张面具的微笑，这形貌的洪流浑然一体的微笑，这万千种生死同时存在的微笑，这悉达多的微笑，正与佛陀那平静的、微妙的、不可捉摸的，也许是仁慈的，也许是嘲讽的、智慧的、千变万化的微笑一模一样，他已经满怀敬畏地亲眼看到过千百次了。戈文达知道，这便是功德圆满者的微笑。

他不再清楚时间是否存在，也不清楚这个幻象究竟持续了一秒还是一百年，不再清楚世上是否有悉达多，是否有乔达摩，是否有“我”和“你”；他的内心深处仿佛被一支神圣的箭矢射中了，伤口却有着甜蜜的滋味；戈文达深深地陶醉了、融化了，于是又站了一小会儿，俯身面向悉达多平静的脸，他刚刚亲吻过这张脸，这张脸是一切形貌、一切将来、一切存在的舞台。这张脸丝毫未变，它外表下那千变万化的深谷再度紧闭；它平静地微笑着，轻柔地微笑着；也许满怀仁慈，也许满是嘲讽，恰如佛陀曾经的微笑。

戈文达深深地鞠了一躬，不禁老泪纵横。泪水流过他苍老的脸庞，像一团火，燃烧着最深沉的爱意和最谦卑的崇敬。他向那一动不动端坐之人深深地鞠躬，直到碰到地面。悉达多的微笑让他回忆起生命中曾经爱过的一切，回忆起生命中曾让他觉得珍贵而神圣的一切。